Isaac Castro

Sonhos, violência, literatura

KOTTER EDITORIAL

Coordenação Editorial: Sálvio Nienkötter
Editor-Executivo: João Lucas Dusi
Editor-adjunto: Claudecir de Oliveira Rocha
Capa: Miranda Camacho
Design editorial: Carlos Garcia Fernandes
Produção: Cristiane Nienkötter
Revisão e preparação de originais: Daniel Osiecki

Dados Internacionais de Catalogação na Publicação (CIP)
Angelica Ilacqua CRB-8/7057

C351s
Castro, Isaac
Sonhos, violência, literatura / Isaac Castro. – 1. ed. – Curitiba : Kotter editorial, 2024.
104 p. : il.

ISBN 978-65-5361-353-9

1. Ficção brasileira I. Título

CDD B869.3

24-4291

KOTTER EDITORIAL

Kotter Editorial Ltda.
Rua das Cerejeiras, 194
CEP: 82700-510 - Curitiba - PR
Tel. + 55(41) 3585-5161
www.kotter.com.br | contato@kotter.com.br

Feito o depósito legal
1ª Edição
2024

Isaac Castro

Sonhos, violência, literatura

Para Isadora.

O mundo habitado somente por mulheres seria perfeito.

Nísia Maria, Crônicas, 1910.

Sumário

1.

Chamo-me Izabel. E contarei para vocês uma história de amor, uma história de violência, uma história que todos vocês possivelmente já viveram ou já escutaram falar. Uma história universal, uma história que aconteceria em qualquer lugar do mundo onde existam pessoas e suas escolhas, pessoas e suas maldades, pessoas e suas decisões, sejam elas certas ou erradas, estejam elas certas ou erradas. Essa história aconteceu há um mês e fiz parte dela sem pedir. Não tive outra escolha. Tenho apenas vinte e três anos e parece que nesse momento tenho cinquenta ou sessenta. Sinto que amanhã farei meu último aniversário. Sinto-me mal.

Contarei essa história no meu estilo, no único estilo que consigo escrever. Capítulos curtos e rápidos (mestre Machado), capítulos longos e cheios de diálogos (mestre Puig, te amo). Caso você, estúpido leitor, não goste do meu estilo, recomendo que abandone esse livro. Assim ele será, porque assim eu quero. Não preciso de você, não preciso de ninguém. Preciso apenas da verdade.

Trate-me por Izabel.

2.

Minha amiga Isis queria visitar seu namorado que havia se mudado para *******. Uma viagem de ******** para ******* é menos de quatro horas de carro, caso não tivéssemos o azar de pegar trânsito, chuva ou algum acidente. Perguntou se eu não gostaria de ir com ela. Sim, claro, eu iria. Passaríamos o final de semana lá e voltaríamos no domingo à tarde. Mas disse que estava com medo de ir apenas comigo. Quanto mais pessoas melhor, ela disse. Além de mim, chamou Íris, Iara, e Irene. Perguntei como dormiríamos todos na casa do seu namorado. Daria uma jeito. Dessa forma, às seis da manhã de sábado, saímos de ********. Estávamos felizes, o sol brilhava. Isis dirigia.

3.

Você, leitor atento e sábio, pergunta o porquê de todas terem o nome começado com I. Ora essa, porque assim quero. Uma forma de homenagear a mim mesma, que estou tendo um trabalho imenso em pensar e escrever esse livro. Os nomes verdadeiros delas são feios e impronunciáveis. Não contarei e nem elas querem que eu conte. Vamos manter nossa privacidade feminina. Nossa discrição. Nosso agir com consciência.

4.

Pensei que em meia hora já teríamos saído de ********, mas saímos somente uma hora depois. Perto do aeroporto pegamos um engarrafamento imenso. As meninas ainda meio sonolentas não conversavam muito. Isis dirigia e praguejava contra o trânsito sempre ruim de ********. Eu observava os outros carros e as pessoas. Uma mulher sozinha e aflita com seu filho pequeno que chorava sem parar na cadeirinha. Um homem vaidoso que a todo instante se olhava no espelho retrovisor interno. Duas mulheres se beijando de forma apaixonada: puxavam os cabelos uma da outra, alisavam as nucas e as costas. Quatro homens engravatados observavam seus celulares, até mesmo o motorista, quando o carro parava. O sol de sete da manhã brilhava no sereno espalhado nas latarias dos carros, milhares de cores e tons de luz no decorrer da marcha lenta. Isis também parecia observar o que eu observava. Seus grandes olhos negros, seu rosto bonito também cercado de luz.

5.

— O que ocorreu?

— Uma batida.

— O que ocorreu?

— Uma batida.

— O que aconteceu?

— Porra, vocês acordem e vejam a batida, não fiquem perguntando o que ocorreu.

— Precisa essa estupidez, Isis?

— Foda-se, Iara, o carro é meu e quem está dirigindo sou eu.

— Deixe eu dirigir um pouco, Isis. Assim você descansa.

— Quem quer dirigir? Irene? E você sabe dirigir, Irene?

— Melhor do que você.

— Não lhe perguntei nada, Iara. Perguntei alguma coisa?

— Não, mas eu quis falar. Além do mais é uma verdade.

— Parem de brigar, caralho. Me passa o carro, Isis.

— Você está vendo, Iara, isso sim é uma amiga. Pode pegar o carro, Irene.

Trocam de lugar no carro de forma rápida. Isis vai para trás.

Irene, de fato, dirige melhor e com mais atenção do que Isis.

Ficamos meia hora praticamente paradas, somente na primeira marcha.

— Quem foi o corno que bateu esse carro nessa hora da manhã?

— Iris, você acordou?

— Não, ainda estou dormindo.

Todas rimos. O carro para, todos os carros param.

— Dá para ver alguma coisa?

— Parece um engavetamento.

— Vai atrasar a viagem em pelo menos meia hora.

— Meia hora é muito tempo, dá para fazer milhares de coisas em meia hora.

— O quê, como exemplo?

— Milhares de coisas. São tantas coisas que não consigo me lembrar de todas elas. Na verdade, lembro de todas ao mesmo tempo e não consigo escolher uma.

— Meu deus.

— Em meia hora dá pra namorar longamente...

— Meia hora? Dá para namorar longamente duas vezes em meia hora.

— Quinze minutos é uma namorada muito longa? Não dá nem para começar.

— Vinte minutos é o ideal. Meia hora já cansa. Sexo é bom quando é rápido. Nos livrarmos do desejo animal, da atração.

— Não entendi.

— Nem eu.

— Eu acho o sexo algo estranho, animalesco, estranho meu corpo e o que desejo fazer com ele. Estranho o corpo do cara e também seus movimentos. Estranho a atmosfera que me cerca, os móveis, tudo parece cercado por uma névoa de sonho. Depois fico horas relembrando tudo que ocorreu e todas as sensações que tive.

— Você faz algo estranho?

— Eu iria perguntar a mesma coisa.

— Não, não faço. Faço o trivial. Vocês não entenderam o que eu quis dizer.

— Eu entendi.

— Entendi, também. Só não entendi por que algo tão prazeroso possa gerar todas essas sensações estranhas, como se o corpo não lhe pertencesse, você não estivesse lá.

— Mas é justamente isso. O prazer me deixa estranha, sei lá, não sei a palavra.

— Entorpecida? Anulada?

— Sim, entorpecida. Entorpecida e depois anulada. Como se o parceiro tivesse levado uma parte de mim com ele, como tivesse me roubado com o meu consentimento, como se fosse uma fraqueza ou um excesso de bondade da minha parte. Não sei definir.

— Mas isso todas nós sentimos. Você goza?

— Sim, muito.

— De várias formas?

— Sim, por todos os orifícios.

Rimos.

— Eu não sei definir direito. É como se meu corpo se dispersasse, você arrancado de mim mesma se diluísse, se fragmentasse.

— Uma sensação de morte?

— Sim, mas uma morte inserida como algo prazeroso e que não tivesse fim, como voar, por exemplo, como flutuar sobre algo, sei lá, água. Mas não é isso exatamente. Não consigo me expressar.

— Mas é difícil, mesmo. E não somente para nós. Os homens também ficam confusos.

— Mas os caras simplesmente deletam, anulam todas essas sensações se elas causam estranheza. Nós internalizamos, ficamos analisando, até que tudo vire uma grande massa disforme e sem sentido.

— Não entendi a associação com a morte. A morte é a morte, não? Não sentimos nada dentro dela. Não tem retorno, logo não tem registro. Ao contrário do prazer.

— Mas pode ser prevista, como se algo gerasse uma sensação que pudesse ser registrada e se associasse à ela. Mas mesmo assim é muito vago.

— Na verdade, tudo isso é muito vago e sem sentido. Talvez não dê para expressar com palavras.

— E vamos expressar com o quê?

— Não vamos. Vamos só viver sem tentar analisar, sem acharmos nada.

— Perda de tempo.

— Chega desse pago. Até sobre fuder vocês querem filosofar. Fuder é fuder, e só.

— Você parece um bicho, Isis.

— Exato, um bicho que goza por todos os orifícios.

— A buceta de vocês espirram quando vocês gozam?

— Sempre.

— Sempre.

— Às vezes. Depende do cara.

— Às vezes, sim. Às vezes, não. Depende de como eu esteja no dia.

— Não depende do cara?

— Eu faço o cara. Eu controlo o cara. Mas às vezes o cara não vale à pena, logo, nada acontece. Ou ele vale à pena, mas não consigo desenvolver nada. Estou sensível no dia, por exemplo. Ou estressada. Ou os dois.

— E com uma mulher? Muda, não? Nunca tive uma experiência.

— A mesma coisa.

— A mesma coisa.

— A mesma coisa.

— Nunca tive, também.

— É a mesma coisa. Os caras também gozam por todos os orifícios, apenas não assumem isso.

— Machismo.

— Machismo.

— Machismo.

— Machismo.

— E se um cara assume que goza por todos os orifícios?

— Não acredite.

— Não acredite.

— Não acredite.

— Eu acredito se vir as reações físicas dele.

— E tem como?

— Tem, basta olhar com atenção. Esquecer um pouco si mesma e observar o cara. É difícil, mas alguns se entregam.

— A dificuldade está justamente aí, em olhar com atenção, esquecer de si mesma e olhar o cara com a devida atenção, sem juízo, sem conceito, sem análise. Olhar o cara como se observasse um animal e seus movimentos. E tentar captar.

— Impossível. Nenhuma mulher consegue isso.

— Consegue, sim!

— Consegue porra nenhuma!

— Consegue se estiver apaixonada pelo cara.

— Ora essa, como uma mulher consegue analisar o cara estando apaixonada por ele?

— A mulher não consegue analisar seus próprios sentimentos direito, quanto mais apaixonada.

— Uma grande confusão.

— Uma grande mentira.

— Uma grande farsa.

— Eu consigo.

— Fiquem quietas e calem a boca. O trânsito melhorou. Vamos recuperar um pouco o tempo perdido.

— Por favor, Irene. Não corra.

— Cuidado, quando o trânsito abre assim todo mundo quer recuperar o tempo perdido e senta a porra.

— Pois é o que eu vou fazer.

— Vai fazer porra nenhuma. Faça isso e eu pego o volante novamente e dirijo até ******* a cinquenta quilômetros por hora.

— Não vamos chegar lá nunca desse jeito.

— Vamos, sim. Vamos conversando, brincando e olhando o maravilhoso mundo que nos cerca ao longo do caminho.

— Caralho, não olhem para o acidente.

6.

Três carros haviam se chocado e se tornado uma grande massa de ferro preta, queimada e fumegante, com quase seis metros de altura bem no meio da pista. Destroços haviam se espalhado ao longo das três pistas. Pessoas que pareciam funcionários da prefeitura retiravam os destroços. Os bombeiros terminavam de apagar as chamas e jogavam uma espécie de pó amarelo no asfalto. Cheiro forte de gasolina invade o carro. As meninas tossem, eu fico sorvendo o cheiro. Adoro o cheiro de gasolina. Assim como as cores que as chamas formam. As manchas de gasolina sobre o asfalto brilham na luz do sol. Pequenas chamas surgem e logo se apagam quando encontram com o pó amarelo jogados pelos bombeiros. Não consigo ver os rostos dos bombeiros. Todos ocultos com grandes máscaras e chapéus. Também não consigo ver corpos entre os destroços ou próximos do acidente. O que faz o trânsito ficar lento são os carros, que reduzem a velocidade para ver o acidente. Irene buzina para que os motoristas não reduzam a velocidade. Eu falo para as meninas não olharem para o acidente, pode haver algum corpo. Viro para trás e todas as três: Isis, Iara e Iris estão olhando para o acidente. Irene buzina. O cheiro de gasolina fica mais forte e intenso. Uma onda de calor invade o carro quando passamos bem ao lado da massa de destroços. As meninas tossem. Consigo enxergar o que parece ser uma cabeça de mulher esmagada entre o encosto do motorista e o volante, mas não tenho certeza, Irene acelera o carro bem no momento em que consigo visualizar a cena. Nenhuma das meninas no banco de trás comentam nada. Estavam tossindo no momento em que passávamos. Irene, muito menos. Passamos pelos destroços. Irene acelera o carro. O cheiro de gasolina fica distante. As meninas param de tossir. Subimos uma pequena inclinação na pista. Uma curva. Descemos a inclinação. O sol penetra no carro e nos cega por alguns segundos. Irene resmunga. Uma das meninas tosse sem força no banco de trás. Ninguém fala nada.

7.

Cochilo. Acordo.

— E como ela fez isso?

— Ora essa, fazendo. Com as mãos.

— Não, isso eu sei. Ela usou o quê? Uma faca?

— Sim, uma faca. Daquelas de cozinha, bem simples. Aquelas de serra e pontudas. Daquelas pequenas com cabo de plástico que todo mundo tem em casa.

— E o cara estava dormindo?

— Não exatamente. Estava meio sonolento, mas não estava dormindo.

— Tinha bebido?

— Sim.

— E tinha acabado de gozar.

— Sim. Estava relaxado.

— Nesse momento, ela atacou.

— Sim, nesse momento.

— Acho que ele nem sentiu dor.

— Ele falou depois que sentiu apenas um repuxão, como se ela tivesse mordido ele.

— E quando ele olhou para baixo...

— Ele nem olhou para baixo, resmungou alguma coisa com ela e depois voltou a cochilar. Passado um tempo, começou a sentir uma dormência na região da cintura, sabe quando a pessoa deita sobre o braço e ele fica dormente e começa a formigar?

— Sim, quando o sangue fica preso e parece que o braço está morto.

— Bom, nessa hora ele olhou para baixo e viu o sangue.

— Era muito?

— Sim. Aquela região é bem irrigada. O sangue era tanto que pingava do colchão para o chão.

— E ele?

— Deu um grito e levantou da cama.

— E o pau?

— O pau estava perto da porta, jogado como um pedaço de carne.

— E aí?

— Ele trabalha em um posto de saúde. Não sei exatamente o que ele faz. Só sei que tem conhecimento.

— Pegou o pau e colocou em um saco com gelo?

— Sim. Como você sabe?

— Vi na internet.

— Não corte a história, Iara. Continua, Isis.

— Bom, ele mandou mensagem para os amigos e pediu ajuda. Ainda conseguiu dirigir até o posto de saúde onde trabalhava.

— E os amigos?

— Os amigos ajudaram, ué.

— Não, digo assim, não falaram nada?

— Não, somente ajudaram.

— E o pau?

— Não conseguiu.

— Ele perdeu o pau?

— Perdeu. Não conseguiu recuperar. Demorou muito tempo entre o corte, o momento em que acordou e o colocou no saco com gelo.

— Perdeu o pau.

— Perdeu o pau doce.

— Como você sabe que era doce?

— Tanta mulher queria, só podia ser doce.

— E você experimentou?

— Não, era bem novinha quando aconteceu essa história. Devia ter quinze ou dezesseis anos. Era uma criança.

— E o pau era grande?

— Segundo minha irmã, não. Era um pau normal. Só que era bem grosso.

— Tua irmã pegou ele, então.

— Pegou e não foi pouco.

— Um pau grosso é bom demais.

— Melhor que um pau grande demais.

— Também prefiro. Mas no caso dele, não era nem isso a grande qualidade. Ele sabia namorar, sabia tratar uma mulher.

— Chupava buceta?

— Chupava até a mulher gozar.

— E sabia beijar?

— Sabia beijar, sabia tocar, sabia falar, sabia conduzir.

— E o cheiro dele?

— Cheiro de homem asseado e perfumado.

— E o corpo?

— Corpo durinho, sem muitos músculos, mas também não era magro.

— Na medida?

— Na medida.

— Era bonitão?

— Não, até que não. Era bonito, apenas. Era bom de papo.

— E era gente boa?

— Sim, era gente boa. Não fazia mal a ninguém.

— E a mulher?

— Era uma louca apaixonada por ele.

— Mas ele jurou compromisso?

— Não, não jurou nada. Queria apenas curtir e cair fora.

— Como a maioria dos homens.

— Como a maioria dos homens.

— Como a maioria dos homens.

— E ela se apaixonou?

— Sim.

— Mas uma paixão não é motivo para sair cortando paus por aí.

— Depende do pau.

— Depende do homem. Nenhuma mulher se apaixona por

um pau, se apaixona pelo conjunto, pelos sonhos criados, o que nunca teve até àquele momento.

— Um pau não enche o coração de amor.

— Nem um vibrador.

— Ela foi presa?

— Foi. Ficou pouco tempo presa. Saiu, fez faculdade, teve filhos.

— Ela casou?

— Casou. Mas não era apaixonada pelo marido. Casou somente para ter filhos.

— E o marido?

— O marido serve apenas para pagar as contas e retirar o lixo da casa.

— Nunca vou casar.

— Eu vou. Quando amar de fato.

— Eu vou viajar pelo mundo. Pagar minhas contas e retirar o lixo.

— E o cara?

— Que cara?

— O pau doce.

— Continuou vivendo no bairro por um tempo e depois se mudou. O pessoal do bairro comentava muito sobre ele. Depois que saiu de lá, não tive mais notícias.

— Será que ficou depressivo?

— Talvez. Vai saber.

— Talvez esteja morto.

— Talvez.

— Eu sei outra história.

8.

Durmo. Mas antes de dormir, vejo Irene rindo de Isis, Iris e Iara que conversam no banco de trás. Irene não aparenta estar com sono. O carro está seguro em suas mãos. Durmo. E sonho. Sonho que sou um homem que está dormindo sobre uma cama com lençóis alvos e macios. Acordo e levanto da cama. Com um golpe rápido e furioso, me mutilo com uma faca grande, arrancando meu pênis. O sangue escorre por entre minhas pernas e empapa os lençóis. Na minha mão esquerda o pênis ainda pulsa e solta esguichos de sangue. Não sinto dor, tudo parece normal. Olho para baixo e uma poça de sangue se formou sob meus pés e os lençóis. Uma poça tão grande que consigo ver o reflexo do meu rosto. Já não sou mais um homem, mas sim uma mulher, uma mulher diferente, uma mulher que não era eu mesma, mas outra, um Orlando banhado em sangue. Tento identificar em quem me transformei pelo reflexo. Não consigo. Olhando ainda para baixo, percebo que não tenho mais o que seria o resto de um pênis (um toco cortado), mas sim uma vagina que sangra. E o sangue, pela forma que escorre, não parece um sangramento feito por um corte, mas sim uma menstruação comum. Olho para minha mão esquerda e o pênis não existe. No lugar dele está uma faca, a faca com a qual me mutilei enquanto homem. Confusa, olha novamente para a poça de sangue que, agora, já avança por toda a cama. E nela vejo a imagem de um homem refletido. Olho para a mão esquerda e o pênis está lá, sangrando e pulsando. Confusa, olho novamente para baixo e vejo uma vagina que sangra, uma vagina imensa e estufada. Olho para a minha mão esquerda e vejo uma faca no lugar do pênis. A mesma faca com a qual me mutilei. Com um golpe rápido e furioso, enfio a faca no meu coração. Sinto vertigem e caio sobre a cama. O sangue quente e o lençol macio me envolvem. Fecho os olhos. Adormeço.

Acordo.

9.

— Não, não foi assim.

— Foi como, então?

— Foi de outra forma.

— Nada disso, foi assim.

— Não foi, eu sei que não foi.

— Eu fiquei no mesmo quarto que ela, você esqueceu?

— Mentira.

— Puta que pariu, calem a boca.

— Posso contar a história?

— Não.

— Não.

— Não.

— Não.

— Foda-se, contarei assim mesmo. Vocês lembram daquela viagem que fizemos na época da faculdade, não lembram? Pois bem, eu fiquei no mesmo quarto que Maria. Óbvio, o nome dela não é Maria, serve somente para contar a história. Maria tinha uma libido feroz e intensa. Dizem que, quando ela olhava para um homem pela qual sentisse muita atração, somente em olhar para o cara por alguns segundos, ela sentia uma excitação tão forte, mas tão forte, que gozava. E o gozo dela é daquele tipo que espirra, sabe? Às vezes, somente em sentir o cheiro de um homem, ao passar por perto dele ou ser cumprimentada com um aperto de mão, ela gozava. Era tão engraçado essas situações. Ela literalmente mijava onde estava e ficava aquela mancha escorrendo pela calça, ou por entre as pernas caso estivesse de vestido aberto. Claro, ela corria para o banheiro quando isso acontecia, mas mesmo assim ela não conseguia conter as manchas nas roupas ou o mijo escorrer por entre as pernas. Ela sentia muito constrangimento. Chegou até a procurar um médico, mas ele disse que aquilo era do organismo dela, que era inevitável. Caso ela quisesse, ele poderia receitar medicamentos inibidores, mas traria efeitos colaterais muito fortes. Disse ainda que ela deveria, ao invés disso, alimentar essa libido tão intensa e procurar um parceiro, de preferência fixo e usar camisinha, essas coisas. Até tentou achar um parceiro, mas não conseguia manter o namoro por muito tempo. Ela simplesmente tinha um orgasmo caso outro homem se aproximasse dela, mesmo com o namorado do lado. Teve brigas homéricas por causa disso. Eles não entendiam que era algo involuntário, que ela não conseguia controlar. Os próprios parceiros não conseguiam alimentar seus desejos e ficavam ressentidos com ela, achando que o problema era com eles. Ela explicava que não havia nada de errado com eles, que ela tinha essa disfunção. E novamente surgia o ciúme, e o namoro acabava. Maria, tão correta, nunca traiu um parceiro, nunca traiu um namorado sequer e um quase noivo, que também se foi. Nessa época tive contato com Maria. Ela me contou seus problemas. Em algum momento fizemos uma viajem juntas para alguma conferência da faculdade no interior do estado, sei lá. Dormimos no mesmo quarto de uma pousada. Durante a viagem, a conferência e o dia na pequena cidade foi tudo normal. Apenas dois homens fizeram com que ela ficasse excitada, homens rústicos do campo, mas bonitos, tipo vaqueiros. Ela teve pequenos orgasmos, nada que não conseguisse controlar ou esconder. No final da tarde caminhamos pela cidade quente, sentamos na praça central e tomamos sorvete, olhando as crianças brincando enquanto as lâmpadas dos postes se acendiam. Maria me contou que estava feliz por conseguir conter parcialmente o orgasmo, pelo menos a sua intensidade. Achava que no decorrer dos anos ela teve uma evolução quanto a isso e que, no futuro, quando sua explosão hormonal fosse diminuindo devido ao avançar dos anos, ela conseguiria controlar totalmente ao ponto de não precisar tomar medicação alguma. Nesse exato momento apareceu um homem lindo e começou a cruzar a praça na nossa direção. Eu falo homem, mas ele parecia mais um rapaz lindo, um menino lindo, uma mistura de rapaz e homem e menino em um só. Devia ter no máximo dezoito anos, ou seja, devia ter mais ou menos a nossa idade. Tinha um porte de homem, um rosto de adolescente, parecia um anjo. Enquanto ele caminhava e vinha na nossa direção, olhando para nós duas, eu senti uma forte excitação, uma contração no abdômen, na buceta, no cu, um arrepio avançando por todo o meu corpo, pernas, braços, pele. Pensei, poxa, se eu estou assim, imagine Maria. E olhei para o lado. Maria se contorcia em cima do banco de cimento, arfava e tentava esconder com a sua bolsa sobre o colo o jorro de gozo que saía por entre as suas pernas, escorria pelo banco e pingava no chão. Suas pernas pareciam se debater como se estivessem fora de controle enquanto ela me olhava e pedia ajuda, sem conseguir falar direito. Nisso, o rapaz se aproximou e nos deu boa noite. Fiquei na frente de Maria e a escondi. Ele disse que nos viu na conferência e viu o momento em que esquecemos uma pasta sobre uma cadeira. Estendeu a pasta e me devolveu. Não sei se foi neste momento ou antes, mas o cheiro dele, misturado com o seu perfume, um perfume delicioso, meio amadeirado, nos envolveu e, junto com o seu corpo tão próximo, me deixou mais excitada a ponto de sentir uma contração ao mesmo tempo, bem intensa, tanto nas pernas como na buceta, fazendo com que eu tivesse que me contorcer um pouco enquanto sorria e agradecia por tamanha gentileza. O rapaz sorriu, deu boa noite e voltou na mesma direção pelo qual veio. Nesses poucos segundos esqueci completamente de Maria. Quando olhei para trás, ela estava desmaiada sobre o banco. Por entre as pernas, o jorro de gozo não parava de escorrer e escorrer como se fosse uma cachoeira. Pedi ajuda para algumas pessoas que estavam na praça e a levei para a pousada mesmo. As pessoas da praça insistiam que ela deveria ir para um posto de saúde. Expliquei mais ou menos o que havia acontecido e escondi o que tinha que esconder sobre os fatos. Ela dormiu por cerca de duas horas. O jorro de gozo havia cessado completamente. Quando acordou, me perguntou o que havia acontecido. Contei e ela morreu de vergonha. Disse que nunca havia tido um orgasmo tão forte, tão intenso, e me pediu um remédio para dor muscular. Suas pernas e abdômen doíam muito devido às contrações que havia sentido. Peguei o remédio e dei. Ela tentou andar até o banheiro e não conseguiu. Depois de vinte minutos, quando o remédio fez efeito, ela conseguiu ir até o banheiro, mesmo assim com a minha ajuda como muleta. Depois, voltou para a cama e ficou pensativa. Começou a chorar, dizendo que não aguentava aquele desconforto, que aquilo era um tortura e, caso ela pudesse, arrancava sua vagina e jogava fora, que preferia ter um buraco entre as pernas que aquele sexo incontrolável pelo resto da vida. Falou mais algumas coisas que não consigo me lembrar e depois se acalmou. Falei que no decorrer dos anos aquilo iria melhorar, que ela descansasse e fosse dormir. Fiquei alisando seus cabelos macios até perceber que ela dormia completamente. Também cansada, dormi. E sonhei que namorava com o rapaz da praça, sonhei que transava com ele como se não houvesse amanhã, e que a rola dele parecia a rola de um cavalo, longa, grande, espessa e macia. Toda vez que ele penetrava com mais força era como se uma espada me penetrasse, alcançasse meu útero e fosse me partir ao meio. O cheiro dele era doce, seu suor parecia mel, sua pele era delicada como uma pluma. Quando acordei estava agarrada ao travesseiro. Na escuridão, olhei para a cama onde Maria deveria estar deitada. Não havia ninguém. A janela que dava para a praça estava aberta. O vento quente da rua empurrava a cortina estampada. Bem em frente à pousada havia uma grade baixa e vazada, com lanças na parte mais alta. Maria caiu sobre uma dessas lanças e foi empalada. Por entre suas pernas o jorro de gozo escorria com força. Na calçada uma poça de sangue e gozo alcançava a sarjeta da rua. Pessoas começaram a sair das casas simples e a gritar horrorizadas. Eu me sentei no chão do quarto e comecei a chorar e chorar e chorar.

10.

— Quem vai assumir o volante? Estou com um pouco de sono.

— Eu assumo.

— Você, Iara? Você sabe dirigir?

— Melhor que você.

— Arrogante.

— Sou mesma.

— Tome. Todo seu.

11.

Irene parou o carro no acostamento da rodovia para que Iara assumisse o volante. Ninguém gostou da história que Iris contou. Eu não gostei. E para piorar, a história é completamente verdadeira. Eu também conhecia "Maria". A única mentira é que Iris não acompanhou a moça nessa conferência. Ela teve contato com Maria tanto quanto nós: muito pouco. Apenas sabíamos de sua história, como todos na faculdade. Porque Iris se colocou como amiga dela e confidente, eu não sei. Talvez quisesse ter o que ela tinha, uma libido tão forte que fosse uma infinita sensação de prazer. Mas por que se colocou na cena de suicídio? Por que chorou e chorou depois que viu a moça morta? Por que ela se projetou em uma situação que ela não estava e nem poderia estar? Olhei para ela de relance e ainda parecia triste, com pesar pelas lembranças que não foram suas e sim contadas pela real mulher que acompanhou "Maria". Mulher essa que, pelo que eu saiba, não sofre como Iris sofre, apesar de ter presenciado toda a cena. Bem ao lado da estrada onde o carro parou, havia uma árvore imensa, com cascas cheias de reentrâncias que saíam do tronco escuro, grosso e torto. Na copa os emaranhados de galhos finos balançavam no vento e folhas pequenas e muito verdes caíam rodopiando na direção do mato que estava com as pontas cheias de capim. O capim estava envelhecendo e o sol de sete horas da manhã fazia com que suas pontas brilhassem. Depois do capim e da árvore havia uma cerca quase destruída, com estacas podres e arames farpados. Depois da cerca não havia mais nada, apenas o mato cercado de luz e o capim amarelo pelo campo ondulado, que acabava em um declive escuro e sombreado por outras árvores. Iara terminou de ajeitar o espelho retrovisor, passou a primeira marcha e sinalizou. Voltamos para a estrada.

12.

– Na verdade, não foi bem assim.

– Quem sabe direito é Iara.

– Estou dirigindo.

– E daí?

– E daí que não vou contar história nenhuma. Estou dirigindo. E sou responsável. Caso não estivesse dirigindo, contaria.

– Eu também sei como foi que aconteceu.

– Você conta então, Irene. Eu escuto e confirmo, ou corrijo caso tenha alguma coisa errada.

– Na verdade, eu sei como aconteceu porque pessoas me contaram, eu não presenciei.

– Mas comigo também foi assim. Uma amiga me contou.

– Na verdade, acho que nenhuma de nós viu de fato, apenas ouviu a história por terceiros.

– Terceiros? Acho que por quartos ou quintos.

– Então ninguém sabe de nada. Qual é o valor da verdade nessa história?

– Foda-se, conta assim mesmo.

– Uma mentira?

– Uma invenção?

– Dane-se, conta assim mesmo.

– Cada uma conta a sua versão e depois vemos qual é a que se aproxima da verdade.

– E se não existir a verdade?

– Que seja a mentira, então.

– Cada uma conta a sua versão, sendo verdadeira ou não. Conta a versão que escutou.

– Menos eu. Estou dirigindo.

– Mas sem você, não tem sentido. Você tem que dar a sua versão, Iara.

– Estou dirigindo.

— Iara, sua chata. Colabore.

— Não.

— Foda-se a Iara. Fica entre nós quatro.

— Eu? Mas eu não sei nada dessa história.

— Como assim você não sabe? Você sabe, sim!

— Você quer saber mais do que eu se eu sei ou não de alguma coisa? Tá louca?

— Mas você mesma disse que sabia, Izabel.

— Eu mesma, não. Nunca ouvi falar dessa história.

— Foda-se também a Izabel. Contamos as nossas três versões.

— Mas aí não tem graça.

— Como assim não tem graça?

— Que buceta épica, meu deus. Contem logo essa porra.

— Quanto mais versões, melhor. Ao menos para mim.

— Vamos com o que temos. Sem drama.

— Tudo bem, aceito. Vocês me convenceram.

— Bom, quem começa?

— Eu não quero, odeio começar as coisas.

— Eu também não quero.

— Tudo bem, eu começo.

— Pode começar.

— A história começa com uma mulher apaixonada pelo marido...

— Como assim? Ela não tinha marido.

— Era namorado.

— Tudo bem, namorado. Uma mulher apaixonada pelo namorado que a traiu com a melhor amiga, colega de faculdade.

— Não era melhor amiga, era uma simples colega de trabalho. E ela também não fazia faculdade na época.

— Foda-se os detalhes inúteis. Eu quero sangue, eu quero a parte suja e violenta.

— Mas assim não se pega a totalidade da história.

— Concordo.

— Ok.

— Foi traída por uma simples colega de trabalho. Ela encontrou os dois na cama e resolveu se vingar. Ambos iriam pagar, de uma forma ou de outra.

— Nossa, como você conta mal a narrativa.

— O que isso importa? Importante é a história.

— Mas coloque um pouco de estilo, um pouco de habilidade e inteligência. Não custa nada.

— Não vou mais contar nada. Sou burra.

— Perdão, não quis ofender.

— ...

— Não precisa ser tão sensível.

— ...

— É sério, desculpe a grosseria.

— ...

— Perdão.

— A história é simples. Ela resolveu se vingar da colega e do namorado. Sabotou a colega no trabalho e o namorado nas partes íntimas, se é que você me entende. Fodeu com os dois, mas fodeu com estilo, habilidade e inteligência.

— Agora eu quero os detalhes.

— Bom, com a colega ela simplesmente fez com que perdesse o emprego e ainda fosse presa: foi acusada de desvio no caixa da empresa. Quase um milhão de Reais. Ficou cinco anos presa sem ter feito nada.

— E o namorado?

— Colou com super cola, aquelas colas que grudam tudo, a cabeça do pau dele no próprio cu enquanto ele dormia.

— Impossível um pau alcançar o próprio cu.

— Impossível? Já vi pau alcançar as próprias orelhas de um cara, imagine o cu.

— Nossa, que mentira.

— O que aconteceu com ele?

— Teve que fazer várias cirurgias. O pau e o cu nunca mais foram os mesmos.

— Vocês já notaram que vocês só sabem falar de histórias macabras envolvendo paus, cus e bucetas?

— Ela foi presa?

— Claro que não. A colega acusou quase todos na empresa, menos ela e outras pessoas. Na verdade, a traição ficou oculta. A mulher fingiu que nada viu, nada reclamou, nada contou. Ainda se aproximou da colega depois da traição, fingindo todo o ódio que sentia por ela. Imagine o controle dessa mulher. Imagine a raiva. Admirável.

— E quanto ao namorado, denunciou ela?

— Ele achou que foi outra mulher. Ela terminou o namoro com ele cerca de três meses após a traição. Disse que não gostava mais dele e pronto. Ou seja, ainda fingiu gostar dele por cerca de três meses para que ele não notasse que o motivo do término fosse a traição com a colega. Na noite que ela colou o pau dele, ele já estava namorando outra mulher.

— Ué, como ela entrou na casa ou apartamento dele?

— Ela simplesmente ficou com as chaves que recebeu dele quando ainda eram namorados. E ele esqueceu de pedir de volta quando terminou o namoro. No dia ele tinha se embriagado com amigos em uma comemoração. Ela o seguiu, entrou no apartamento e colou o pau.

— O crime perfeito, porque a traição simplesmente não foi reclamada por ela. Logo, ela não deixou rastros de ligações com os crimes.

— E como é que vocês quatro sabem dessa história?

— Ela escrevia um diário. Quando morreu em um acidente de carro, os familiares descobriram o diário e a história. E espalharam.

— Havia mais algum crime?

— Nada, apenas isso. Uma vida pacata, tranquila e honesta.

— Com quantos anos ela morreu?

— 43.

— Teve filhos? Casou?

— Não.

— Nossa, que mulher fria.

— Gelada.

— Psicopata.

— Quero ser igual à ela quando crescer.

— Eu também.

— Essa história é bem idiota.

— Eu gosto.

— Eu também.

— Eu também.

— Eu também.

— Qual é o nome dela?

— E o nome importa?

— Sim, importa. Quero pesquisar sobre essa história depois.

— Por quê? Você não achou idiota?

— Mas eu quero confirmar e pegar outros detalhes.

— Mentira, você não confia na gente, isso sim.

— Isso mesmo.

— Também acho.

— Verdade.

— Confio, sim. Vocês são minhas amigas. Não me ofendam. Apenas algumas coisas não batem.

— Não sei o nome da mulher.

— Nem eu.

— Muito menos eu.

— Eu sei, mas não vou contar.

— Tudo bem. Desculpe se falei algo, meninas. Ou se não gostei da história. Perdão. Não quis ser maldosa.

— O nome dela é: ***** *****.

— Nada disso. O nome dela é: ***** *****.

— Na verdade, o nome dela é: *** *****.

— Porra nenhuma, o nome dela é: ***** *****.

13.

Todos os nomes são falsos. E mesmo assim, não me importo. Amo minhas amigas. E talvez tenha sido de fato grosseira. Sim, de fato fui. A errada sou eu. Reproduzi essa conversa não sei por quê. Talvez, na hora de editar o livro, retire o capítulo 12. E depois retire o 13, no caso, esse mesmo. Veremos. Não sei se estou conseguindo passar todo o real clima da viagem, a real euforia que havia no carro. Talvez esteja repassando para o leitor apenas as conversas mais negativas e violentas quando, na verdade, existiram todo tipo de conversa sobre milhares de coisas, tanto negativas, quanto positivas. Tenho medo de errar o tom. Estou achando os capítulos somente com diálogos bem fracos. Estou adorando escrever esses capítulos somente com diálogos, mas sinto que estou perdendo a intensidade e inteligência das meninas, não estou conseguindo captar a real beleza e força nas falas delas. Elas estão parecendo bobas. Ou não? Ou estou sendo muito severa comigo mesma? Você, leitor, acha o quê? Pode abandonar o livro caso queira, não fique acanhado. A vida é uma só pra perder tempo com um livro que não lhe agrada. Nesse ponto da viagem estávamos depois do aeroporto **** ** *****, entrando na cidade de ***** ** *******. Pegamos um pouco de engarrafamento. As meninas conversavam sobre algo que não consegui entender. Estava concentrada e pensando em algumas coisas. Coisas essas que não me lembro agora. Continuo ou não com os capítulos somente em diálogos? Meu mestre Manuel Puig deve estar se revirando na tumba. O que eu faço? Mais luz, por favor. Luz, Luz e Luz.

14.

— Estava apaixonada, apenas isso.

— Perdão, mas isso não é paixão, é doença mesmo.

— Você nunca se apaixonou?

— Sim, já me apaixonei.

— Então, qual o problema com a minha paixão?

— Eu jamais me permitiria passar por isso.

— Então você nunca se apaixonou.

— Já me apaixonei, sim. Só que não dessa forma, anulando a si mesma, perdendo o controle como se o mundo fosse acabar.

— Você nunca se apaixonou.

— Você é muito arrogante. Como pode falar isso? Como pode falar sobre meus sentimentos?

— E você? Por que acha que a minha paixão foi doentia? Você pode julgar meus sentimentos sem problemas, eu não posso julgar os seus, é isso?

— Sem brigas, meninas. Estamos passeando, curtindo. Não precisam brigar.

— Não estamos brigando.

— Então, pronto. Fale sobre o que você realmente sentiu.

— Você quer os detalhes?

— Sim, adoro os detalhes.

— Ok. Bom. Conheci esse cara no trabalho. Trabalho é algo ruim, você acaba se freando por questões éticas, todo dia você vê o sujeito, algo acaba impedindo. O cara fica com medo, fofocas, a velha patifaria de local de trabalho. Bem, começamos a namorar. Escondido, ele mesmo pediu. No trabalho fingiríamos que apenas éramos colegas que se conheciam. E tinha as coisas engraçadas dentro desse esquema. Às vezes ocorria de entrarmos no elevador ao mesmo tempo, por exemplo. Um fica procurando o outro enquanto as pessoas iam saindo ou entrando nos respectivos andares. Nisso, um se aproximava do outro e se encostava. E de forma bem discreta, a gente se roçava um no outro, se bolinava, se cheirava enquanto fingia se esbarrar no movimento de entrada e saída do elevador. Eu adorava esses momentos. Parecia um jogo. Uma brincadeira de criança. Seu cheiro, sua pele, o prazer que isso me proporcionava nesses momentos no elevador parecia se ampliar para mim, porque talvez fosse mais difícil e mais raro tocar nele, e essa raridade era o barato. Uma vez o elevador ficou muito cheio e ele conseguiu ficar bem na minha frente, me espremendo contra a parede do elevador. Abracei ele por trás e fiquei alisando seu pau. Não sei como, consegui abri o zíper e pegar na cabeça da rola dele. Fiquei alisando um bom tempo, até que a porta do elevador se abriu. Com a mesma velocidade que botei a mão, ajeitei tudo que tinha que ajeitar na calça dele e desabracei seu corpo. Ele nem se moveu ou tentou me impedir. Apenas ficou rindo. As pessoas começaram a sair e ele também saiu. Depois de alguns andares ficou apenas eu e uma mulher. Percebi que a mulher me encarava e encarei ela também. Ela me olhava e ria como se tivesse visto algo. Fiquei com vergonha de perguntar por que ela ria e apenas a encarei. Ela disfarçou e me encarou novamente. Apontou com o dedo indicador na direção das minhas pernas, como um gesto para que eu olhasse para baixo. Havia gozado e minha calça estava molhada até perto dos joelhos. Olhei para ela envergonhada e ela riu. Disse: feliz é você, minha gata. Quer ajuda? Falei que queria e ela me ajudou. Assim que saímos do elevador, caminhou na minha frente como se estivesse me escoltando para que ninguém visse minhas pernas. Me levou até o banheiro e falou para que tirasse minha calça. Saiu e voltou com um secador portátil. Enquanto secava minha calça rimos horrores sobre o que ocorreu. Disse que viu tudo e que adorou o que eu havia feito. Ficamos amigas e somos amiga até hoje. Voltamos para nossas respectivas mesas de trabalho. Depois de quinze minutos trabalhando, simplesmente cocei o nariz e senti o cheiro do pau dele ainda entranhado em meus dedos da mão direita. No mesmo segundo senti um repuxão nas pernas e uma pontada forte na buceta, bem na parte interna dos lábios. Gozei ali mesmo, um jorro forte e intenso. Minhas pernas tremeram por alguns segundos e abaixei a cabeça o máximo que pude sobre a mesa, enquanto tentava controlar os gemidos que a minha boca fazia. A cadeira ficou empapada, o gozo foi mais forte e intenso do que no elevador. A amiga que havia acabado de fazer estava em outro setor bem distante, não tinha como chamá-la. O cara também trabalhava em outro setor e não poderia me ajudar. Fiquei parada e respirei. Já que não podia me levantar, fiquei parada até o expediente acabar e as pessoas começarem a sair. Quando me levantei, a calça já estava quase seca. Voltei para casa naquela noite e dormi cheirando a mão que não havia lavado, apesar de ter tomado banho. Resolvi que não iria contar para ninguém essa história, guardaria somente para mim, como um momento de graça divina, nem mesmo para o cara. O que é engraçado, porque agora estou contando para vocês quatro, como se aquele momento agora não fosse mais sagrado, o que não é verdade. A partir desse ponto começou a minha paixão cheia de fúria e força, cheia de amor intenso e pesado, como se o meu coração estivesse pegando fogo, um fogo bom e eterno, um fogo que me enchia de prazer e alegria apenas em pensar nele, apenas em relembrar a sua voz, apenas em vê-lo caminhando, mesmo que caminhando para uma direção bem distante da minha. A partir desse ponto começou a minha loucura. Começou a minha paixão louca e que nem por um segundo pensei em frear ou diminuir, resolvi viver e não me arrependo. Apesar de todo sofrimento e humilhação. Apesar de todo cansaço. Nem sei se quero mais contar tudo que passei. Tudo bem, contarei. Continuamos nos encontrando normalmente e sem que percebesse, minha ansiedade foi crescendo cada vez mais. Vejam, nada é calculado, nada é previsto. Minha ansiedade de vê-lo foi crescendo tanto no trabalho como fora do trabalho. Pedi que morássemos juntos e ele negou. Disse que já havia passado por uma experiência ruim em viver com uma mulher. E falou isso da forma mais seca possível, sem o menor carinho, como ele normalmente fala comigo. Senti que ele se irritou. E sentir que ele se irritou fez com que eu sentisse raiva de mim mesma. Eu sei, foi um erro projetar isso na minha cabeça desde o início, mas estava apaixonada. Nesse dia começaram meus vômitos, os vômitos que não conseguia controlar. No trabalho continuamos nos encontrando da mesma forma, só que agora eu forçava um encontro sem que ele percebesse, forçava uma possibilidade para que ele pudesse me ver. Em tal horário ele estaria em tal lugar? Eu dava um jeito de inventar algo para também ter que passar por lá e aparecer para ele. Ele notou meus movimentos e de forma bem sutil me falou isso. Pediu que eu parasse, que tudo estava perdendo o encanto e ficando chato. Disse que tudo bem, que pararia. Assim que terminamos de conversar eu corri para o banheiro e vomitei. Não vê-lo me deixava ansiosa, vê-lo me deixava ansiosa, estar com ele me deixava em um estado líquido, como se meu corpo não me pertencesse mais. A partir desse ponto deixamos de nos ver cada vez mais. O procurava com muita frequência e às vezes me atendia, outras não. E quando me atendia, dizia que não podia me encontrar. E quando ele atendia e dizia que não podia me encontrar, assim que desligava o telefone, vomitava. Era automático. Já estava doente. Quase não comia. O meu rendimento no trabalho estava bem baixo. Caso eu continuasse com aquela instabilidade por causa de uma paixão, perderia meu emprego. A supervisora falou isso. Ou seja, todo mundo no trabalho sabia o que eu estava passando, o que gerou em mim mais angústia e vergonha. Tanto para mim, como para ele. Um dia, depois de muito insistir, ele resolveu que iria me encontrar. Quando nos encontramos percebi seus olhos vazios, ferozes, estava com muita raiva. E percebi que a raiva era por minha causa. Fomos para a cama. E na cama ele me tratou como se eu fosse um pedaço de carne, um pedaço de nada, e me comeu com raiva, me machucando e ferindo. Não, não foi um estupro, eu consenti, mas senti que ele fez aquilo para que eu me afastasse dele, para que o deixasse em paz, que eu mudasse e percebesse o buraco que estava enfiada por causa dos meus sentimentos, meus sentimentos que não conseguia mais controlar. Ele queria que eu o odiasse, algo que jamais conseguiria, até mesmo hoje, depois de tanto tempo e com a mente equilibrada. Mais depois daquilo, tudo acabou. Ficou aquela imensa sensação de nada, como se você não estivesse viva, mas em uma zona de sonho permanente onde tudo é cinza e branco, sem imagens, sem nada sólido que você possa lembrar. Mas os dias passam, as lembranças se aterram sozinhas, quando você menos espera aquela pessoa se torna um grande nada, um grande passado, apenas um desconforto. Ainda nos víamos no trabalho e nos cumprimentávamos normalmente. Não sentia nada quando isso ocorria, e acho que ele também. Nesse período cheguei a namorar com um cara, um cara até mais bonito que ele, mas que não senti nada. Por quê? Não sei. Por que não senti nada por um cara mais bonito e mais gentil, por que não senti todos aqueles sentimentos e ansiedade que senti com o outro cara? Não sei dizer. E não conseguir gerar um pensamento sobre isso me angustia até hoje. Rapidamente o namoro esfriou e ele achou outra mulher. Tudo muito racional e prático. Um belo dia aquela colega de trabalho que me ajudou no elevador me encontrou. E me disse que o cara que fui apaixonada estava com depressão. Perguntei por qual motivo e ela disse que não sabia dizer. Amigos em comum disseram que ele simplesmente adoeceu, como todo mundo adoece e estava afastado do trabalho, por esse motivo. Um dia, liguei para ele. Ele atendeu. Pediu que eu fosse vê-lo. Não estava bem, precisando conversar com qualquer pessoa. Disse que tudo bem. Fui vê-lo sem maldade, apenas com a sensação de que deveria fazer algo por alguém que, de uma forma ou de outra, gerou algo em mim por alguns meses. E o encontrei completamente destruído. Estava mais magro, muito mais magro. Havia perdido completamente a beleza, a jovialidade, parecia que havia envelhecido cerca de dez anos. Como ele pôde definhar dessa forma? Conversamos, jantamos, ele me mostrou os remédios que estava tomando. Depois de alguns segundos em silêncio, já no sofá, ele colocou a cabeça no meu colo e começou a chorar. Fiquei alisando seus cabelos enquanto as lágrimas escorriam pela minha perna. Ele chorava como uma criança em desespero, como uma criança assustada.

Perguntei o que havia acontecido, se alguém havia feito algo. E ele falou que simplesmente ninguém havia feito nada, que não havia um motivo que ele soubesse identificar, que ele nunca havia estado daquela forma, que apenas os sintomas físicos surgiram, se instalaram e ele adoeceu. Continuei alisando seus cabelos até que ele dormiu. Saí do sofá, deitei ele de forma confortável, lavei os pratos, arrumei o que havíamos sujado, quase nada, e esperei que ele acordasse para que eu fosse embora. Uma hora de espera depois, uma mulher entra no apartamento e toma um susto com a minha presença. Pergunta quem eu sou. Digo. Ela se apresenta. É uma namorada antiga que estava cuidando dele. Somos ambas, então. Conversamos um pouco. Acho ela bonita. Somos duas mulheres bonitas em uma sala escura cuidando de um homem depressivo. Pensei em perguntar se ela sabia o motivo da depressão dele, mas fiquei envergonhada. Além do mais, o conhecendo, ele deve ter dito a mesma coisa para ela. Ficamos constrangidas uma com a outra e nos despedimos. Nem trocamos telefones. Saí de lá e fui direto para casa. Dois dias depois, a colega que me ajudou no elevador me manda mensagem dizendo que ele havia se matado. Pulou do sétimo andar e caiu sobre as grades de ferro que separam o prédio do calçamento. Foi uma morte horrível. Ele ficou pendurado nas lanças. Fiquei sem saber o que fazer por alguns minutos. Levantei e tentei contato com mais algumas pessoas. Pensei em procurar a antiga namorada, na verdade. Fiquei preocupada com ela. Não consegui achar. Pensei em ir para o enterro e desisti antes mesmo de sair de casa. Troquei de roupa novamente e liguei a televisão. Um vento frio entrava pela janela. Peguei uma coberta e me cobri. Levantei e fiz uma sopa. Liguei para minha mãe. Voltei para o sofá e me cobri. O vento frio havia diminuído. Retirei a coberta. Na televisão passava uma reportagem sobre uma caçada policial contra um criminoso. Senti sono. Desliguei a televisão e fui para meu quarto dormir. Não sonhei com nada. Satisfeita?

15.

Chegamos na ***** ***** e resolvemos tomar um banho de mar e comermos alguma coisa em ***** ** *****. A vila estava deserta, quase não havia turistas ou nativos. Tomamos banho de mar e comemos peixe. Compramos livros e bijuterias em uma barraquinha. Demos risadas e contamos piadas sobre uma lista infame de autores brasileiros/estrangeiros, clássicos/contemporâneos que surgiu, acho eu, devido à compra dos livros. Caminhamos sem pressa pelas sombras das árvores e tomamos sorvete embaixo de uma amendoeira. Voltamos a falar da lista de autores e criamos uma classificação para julgar cada autor. Uma das meninas, acho que foi a Isis, disse que a nossa classificação lembra um pouco a classificação criada por mestre Bolaño. Ela não lembra em que livro está, mas lembra que foi ele (Sim, foi a Isis que lembrou da lista). Vou reproduzir a lista e a classificação. Espero não ser processada. (Caso queira pular esse capítulo, querido leitor, pode pular. É pura diversão e não vai atrapalhar a leitura da narrativa. Eu e as meninas adoramos a lista e a classificação. Mas, talvez, você não se divirta como nós nos divertimos. Além do mais, ele é bem longo. Enfim, faça o que quiser.)

16.

— Autores estrangeiros.
— Por país?
— Sim.
— Qual?
— Argentina, o meu amor. A melhor literatura do mundo.
— Ricardo Piglia.
— Pica grossa.
— Pica estudiosa.
— Pica dura.
— Nunca li.
— Manuel Puig.
— Pica experimental.
— Pica onírica feminina.
— Pica cheia de estruturas e formas.
— Pica contra tudo e todos.
— Antonio Di Benedetto.
— Pica primeira.
— Pica elegante.
— Nunca li
— Pica minimalista.
— Roberto Arlt.
— Pica suja.
— Pica desconexa.
— Pica anarquista.
— Pica torta.
— Julio Cortázar.
— Pica de várias cabeças.
— Pica de várias bolas.
— Pica de coelho.
— Pica ilegível, mas mesmo assim uma bela pica.
— Jorge Luis Borges.

— Pica genial.
— Pica fascista.
— Pica enciclopédica.
— Pica virgem.
— Rodolfo Walsh.
— Pica política.
— Pica vermelha.
— Pica jornalística.
— Pica valente.
— Ernesto Sábato.
— Nunca li.
— Pica mestre.
— Pica longeva.
— Pica profunda.
— Macedonio Fernández.
— Pica mais experimental.
— Pica mais amada.
— Pica apaixonada.
— Nunca li. Onde vocês acham esses autores?
— Juan José Saer.
— Pica barroca.
— Pica solitária.
— Gente, chega de autores argentinos. Vamos mudar?
— Pica genial e esquecida.
— César Aira.
— Pica contínua.
— Pica incansável.
— Pica ensaística.
— Pica inalcançável.
— Chile.
— Roberto Bolaño.
— Pica épica.
— Pica louca.

— Pica sem medo.
— Pica total.
— Uruguai.
— Juan Carlos Onetti.
— Pica fluxo.
— Pica santa.
— Pica gigantesca.
— Pica para poucos.
— Mario Levrero.
— Pica onírica masculina.
— Pica diária.
— Pica formatada.
— Pica policialesca.
— Cubana.
— José Lezama Lima.
— Pica gorda.
— Pica imensa e gorda.
— Pica barroca, imensa e gorda.
— Pica barroca, imensa, gorda e onírica.
— Guillermo Cabrera Infante.
— Pica míope.
— Pica tigrada.
— Pica triste.
— Pica crítica.
— Virgilio Piñera.
— Pica desprezada.
— Pica forte.
— Pica humorada.
— Pica inventiva.
— Leonardo Padura.
— Pica moderna.
— Pica histórica.
— Pica bem escrita.

— Pica detetivesca.
— Estados Unidos: Terceira melhor literatura do mundo.
— Ernest Hemingway.
— Pica velha.
— Pica iceberg.
— Pica sem adjetivos.
— Pica bela.
— Edgar Allan Poe.
— Pica de maior glande.
— Pica matemática.
— Pica perfeita.
— Pica monstruosa.
— Herman Melville.
— Pica épica.
— Pica oceânica.
— Pica profunda.
— Pica assassina.
— Mark Twain.
— Nunca li.
— Pica pura.
— Pica iniciante.
— Pica viajante.
— Cormac McCarthy.
— Pica descritiva.
— Pica também viajante.
— Pica violenta.
— Pica com estilo.
— Chester Himes.
— Pica negra.
— Pica investigativa.
— Pica saborosa.
— Nunca li.
— Raymond Chandler.

— Pica elegante.
— Pica filosófica.
— Pica metida.
— Pica no gênero errado.
— Rússia: segunda melhor literatura do mundo, meu amor.
— Gógol.
— Pica delicada.
— Pica exigente.
— Só li o velho Dostô.
— Pica cômica.
— Gontcharóv.
— Quem?
— Pica morta.
— Pica parasitária
— Pica aristocrática.
— Dostoiévski.
— Pica assassina.
— Pica maior.
— Pica castigada.
— Pica de todos nós.
— Tolstói.
— Pica gigantesca.
— Pica perfeita.
— Pica metafísica.
— Li vinte páginas e larguei.
— Tchekov.
— Pica sublime.
— Pica humilde.
— Pica minimalista.
— Li somente um conto. Não vale.
— Bábel.
— Pica de cavalo.
— Pica em sangue.

— Pica vermelha.
— Muito violento. Larguei.
— Bulgákov.
— Pica demoníaca.
— Pica sem medo.
— Pica contrária.
— Quem? Perdão.
— Inglesa.
— Joseph Conrad.
— Pica prefácio.
— Pica marítima.
— Pica capitão.
— Pica preferida.
— Robert Louis Stevenson.
— Pica de criança.
— Pica monstruosa.
— Pica aventura.
— Pica escocesa.
— G. K. Chesterton.
— Pica obesa.
— Pica católica.
— Pica de padre.
— Pica genial.
— Lewis Carroll.
— Pica nonsense.
— Pica matemática.
— Pica onírica.
— Pica invertida.
— França.
— Stendhal.
— Pica moderna.
— Pica importante.
— Pica negra.

— Pica de todos nós.
— Flaubert.
— Pica perfeccionista.
— Pica imbatível.
— Pica adúltera.
— Pica inigualável.
— Perec.
— Pica experimental.
— Pica transformação.
— Pica edifício.
— Pica meu amor.
— Céline.
— Pica fascista.
— Pica nazista.
— Pica reticências.
— Pica exclamação.
— Boris Vian.
— Pica sonhadora.
— Pica bela, muito bela.
— Pica canção.
— Pica bela, bela e bela.
— Brasil.
— Graciliano Ramos.
— Pica melhor.
— Pica única.
— Pica eterna.
— Pica mais gostosa.
— Machado de Assis.
— Pica primeira.
— Pica inventora.
— Pica desconfiada.
— Pica forte.
— Rubem Fonseca.

— Pica ditatorial.
— Pica duvidosa.
— Pica Grande Arte.
— Pica IPES.
— Dalton Trevisan.
— Pica vampiresca.
— Pica obsessiva.
— Pica perfeita.
— Pica muda.
— João Ubaldo Ribeiro.
— Pica querida.
— Pica barroca.
— Pica mais bem escrita.
— Pica engraçada.
— Lúcio Cardoso.
— Pica soturna.
— Pica esquecida pela crítica.
— Pica linda.
— Pica que deve ser lembrada.
— Raduan Nassar.
— Pica simples.
— Pica única.
— Pica perfeita.
— Pica mínima.
— Esquecemos de alguém?

17.

(Bom, sim, esqueci de uma porrada de autores. Somente agora lembrei que citamos o Thomas Bernhard, W. G. Sebald, Franz Kafka, Joseph Roth; Primo Levi, Cesare Pavese; Yukio Mishima; Danilo kis; Bohumil Hrabal. Citamos todos esses autores, mas não consigo lembrar dos respectivos adjetivos. Apesar que, com certeza, devo ter esquecido uma parte dos adjetivos que foram usados para os autores que lembrei. Ou seja, acabei improvisando em alguns. Outros autores foram citados, mas esqueci porque simplesmente não gosto deles. Esqueci de propósito.

Óbvio, citamos várias autoras mulheres que gostamos. E a lista era até maior que a lista de autores homens, mas tenho medo do que vão falar os censores, principalmente as censoras, do "politicamente correto". Ora essa, eu odeio o "politicamente correto". Devemos ser corretos na vida, assumir nossos atos, ter caráter para assumir quando erramos e nos desculpar caso seja possível. Ou respondermos na justiça. Na literatura o "politicamente correto" é a sua doença, a sua morte, o seu caixão, uma prisão desnecessária e infame. O mesmo pode se falar do "lugar de fala". Outra babaquice. Eu sou uma mulher negra de vinte e três anos e não posso escrever como um homem? Posso, sim. E quem não gostar, paciência. Assim como não me incomodaria se um homem escrevesse um livro somente com personagens mulheres, como é este que escrevo agora. Eu quero da literatura a liberdade total e irrestrita, a sua grande aventura: quero ser um padre, uma puta, um travesti, um santo, um assassino, a vítima, o sangue, o chão, a pedra, o punhal, o céu, a noite e o dia, o sol e a lua, a pica e a buceta, a tempestade. Caso citasse autores mulheres eu seria linchada, imaginem: Clarice Lispector: Buceta melhor; Buceta primeira; Buceta superior; Buceta inigualável. Imaginaram? Eu seria chamada de machista, de mulher vulgar, de mulher que permite a opressão masculina, etc. É isso. Vivemos em nossa literatura algo estranho: não somos ninguém. Ninguém lê, ninguém estuda, ninguém se dedica, ninguém quer mudar nada. Mas todo mundo quer o sucesso, a glória, a glória criada não por sua qualidade literária, por seus esforços, por sua nova técnica ou todas as técnicas possíveis. Uma merda. Uma merda do tamanho da nossa ausência de grandeza. Uma merda do tamanho de nosso vazio criativo.)

18.

Querido, leitor, por favor, não me abandone. Sei que sou meio azeda (como no capítulo anterior), mas sou uma boa pessoa e uma boa escritora. Vamos voltar para a nossa viagem e para nossas meninas, para a nossa aventura, para a nossa violência e nossos sonhos. Tudo faz parte da narrativa, ainda estou nos trilhos e os trilhos estão perfeitos e azeitados.

19.

– Então, falei para ele: fique tranquilo, não tem problema, se você está fedendo eu também estou, veja, cheire meu sexo, não fique envergonhado, venha, estamos bêbados mesmo, venha. Ele me olhou com aqueles olhos lindos, aqueles olhos verdes e puros de menino de dezesseis ou dezessete anos. Bem, estava bêbada. E ele também. Mas ele era tão inocente que até mesmo embriagado tinha pudor. E vejam bem, eu não era tão mais velha que ele, tinha quase a mesma idade, se ele tinha dezessete eu tinha no máximo vinte anos. Apenas três anos de diferença e parecia que havia toda uma existência entre nós, todo um mundo já vivido e experimentado. Perguntei se ele era virgem. Sim, perguntei, foi uma pergunta estúpida em um momento errado, mas estava bêbada e sem pudor. Ele, coitado, se retraiu mais ainda e disse me olhando nos olhos, completamente nervoso e ao mesmo tempo firme, com aqueles lindos olhos verdes tão honestos que, sim, ele era virgem. E não falou querendo se firmar, não falou com arrogância, não falou querendo se impor e me assustar, apenas falou e ficou esperando a minha reação, se eu iria rir, se iria sentir pena dele, se iria me assustar tanto quanto ele. E nisso ele me estendeu a sua mão, como se dissesse: me leve, me conduza, me transforme, afaste o abismo entre eu e você, faça uma ponte, mesmo que frágil, mas faça. Sua mão era delicada, fina, macia. Agarrei a sua mão e o levei comigo para a escuridão do quarto, onde ele não poderia ver a sua hesitação e onde eu poderia realizar meu desejo sem medo algum. Sua boca era doce. Tinha um cheiro forte e ao mesmo tempo delicado, um cheiro que não sei definir. Os ossos do seu corpo eram grandes e robustos. O cabelo era crespo e macio nas pontas. Conduzi ele e fiz o que quis. Ele aceitou e me tratou com carinho, educação e respeito. Nada questionou e nada falou. Minha única paixão, minha única e verdadeira paixão até hoje. Nunca mais o vi. Até hoje lembro do seu cheiro. Aqui, o seu cheiro está aqui, enquanto converso com vocês, como se estivesse permanente na minha pele. Isso não é assustador?

20.

Novamente, resolvemos parar em outro trecho de praia ao longo da ***** *****, a vila de *********. Já estávamos atrasadas em um hora. Ninguém ligava. E nem eu. Bebemos cerveja em uma barraca bem em frente ao largo onde os barcos atracavam. Pescadores que saíram pela manhã retornavam. Os barcos pequenos e coloridos surgiam na linha do horizonte. A fumaça branca dos motores era expelida nas popas. As ondas eram fracas e o vento constante, contrário ao sentido dos barcos para o largo. Os pescadores perdidos na luminosidade e no reflexo do sol na água pareciam quase invisíveis. Apenas sombras rápidas se movimentando da popa para a proa e da proa para a popa. Encostavam o barco na praia, descarregavam o peixe em bacias de alumínio. Os peixes pulavam dentro das bacias. Na praia havia uma estrutura de tratamento dos peixes, uma pia de cimento grande, enegrecida. As escamas dos peixes brilhavam no sol quando eram arrancadas e voavam por alguns segundos. Para retirar as escamas usavam tábuas pequenas com pregos. As mãos dos pescadores eram fortes, imensas, queimadas. Os seus rostos ocultos por bonés rasgados e sujos. O cheiro de peixe se espalhava e se misturava com a maresia. Os barcos coloridos se chocavam no atracadouro. Alguns pescadores fumavam e riam, bem distantes, depois dos barcos, quase invisíveis na luminosidade. Borrões cercados pela claridade. Todos imersos em luz, uma boa luz. Uma grande paz. As meninas conversavam sobre algo que não me recordo agora. Perdão, lembrei. Próximo capítulo.

21.

– Não, eu discordo.

– Não vejo nada demais.

– Nem eu.

– Vocês acham isso certo?

– Ué, e se fosse o contrário?

– Como assim, o contrário?

– E se fosse com um homem e não com uma mulher.

– Mas isso não seria possível com um homem.

– Por que não?

– Porque não, ora.

– Quer dizer que um homem não sonha? Não idealiza?

– Sonha, idealiza, mas não como nós.

– Porra nenhuma, é a mesma coisa.

– Nada disso.

– Acho homem até pior que mulher.

– Como assim?

– Homem quando sonha demais, idealiza mais ainda, parece que ele perde o senso de realidade com muito mais força. Óbvio, isso é uma minoria.

– Mas não seria o mesmo com as mulheres?

– Não, não acho. As mulheres têm o sonhar, mas tem o freio que faz com elas parem, que é a sensação e possibilidade de sofrimento. Os homens também têm esse freio, mas eles não aceitam que a possibilidade de sofrimento é maior que o seu desejo, então eles continuam e acabam sofrendo com muito mais intensidade do que as mulheres.

– Exatamente, você disse tudo.

– O impulso de destruição?

– Sim.

– Mas o impulso de destruição não é maior nas mulheres?

– Não, nos homens é maior.

– Tanto faz. Todo mundo adora se destruir. Destruir a si mesmo, destruir o próximo, destruir o que lhe cerca.

– Nós somos como aqueles peixes mortos na bacia de alumínio.

– E os pescadores? O que seriam?

– Os pescadores seriam nossos instintos.

– E a faca que eles usam? E os barcos? E as suas redes, o que seriam?

– Nossos sentimentos, nossos caminhos, nossos erros.

– Gostei.

– Não entendi porra nenhuma que vocês falaram. Alguém me explica?

– Não.

– Não.

– Não.

– Eu explico.

22.

– Cansei de dirigir. Quem se habilita?

– Eu.

– Eu, quem?

– Eu, a mensageira, a que traz a verdade. Iris.

– Palhaça. Assuma logo o volante que minhas costas estão doendo.

23.

Entramos no estado de *******. Paramos para abastecer em um posto de gasolina de beira de estrada. Um grande nada perdido no tempo. Ao lado do posto, cerca de vinte metros de distância, havia um bar pequeno, feio e sujo. As meninas saltaram para esticar as pernas e apenas eu fiquei dentro do carro. Dentro do bar sombras se moveram. Fumaças de cigarros jogados para cima, risadas agudas, quase gritos. Ninguém saiu da zona de sombra, uma zona morta e que deveria feder a lixo, gasolina, cachaça, cigarro e fritura. Senti um arrepio. Ao redor do bar havia também um amontoado de lixo e entulhos. Carcaças de carros enferrujados entre os matos secos e queimados de sol. Um cão magro andava lentamente entre o posto e o bar. Mais fumaça de cigarros, alvoroço entre as sombras, pequenos gritos e risadas, ninguém aparecia além da sombra suja do bar. Quando pensei em chamar as meninas para voltarem, elas entraram no carro e partimos. Todas sentaram nos seus respectivos lugares. Com o carro em movimento, o cão magro parou e sentou para nos observar. Não sei se o sol ou talvez minha imaginação me fez ver os olhos do cão como duas esferas pequenas banhadas em sangue, sangue que escorria pelo seu nariz e entrava na sua boca. Ele rosnou na passagem do carro, enquanto eu o observava. Não latiu. Acho que foi minha imaginação.

24.

– Como posso explicar o afastamento dela? Como posso explicar o fim de uma amizade? Difícil. Não sei nem por onde começar.

– Eu também tenho uma história assim, mas conto depois de você.

– Não sei se quero contar.

– Vai, conta, não custa nada.

– A amizade é um negócio frágil.

– Ei, deixa ela contar.

– Na verdade, não existe um fato ou fatos bem organizados no tempo. Apenas lembranças de situações que ocorreram ao longo dos anos. Não existiu nada de concreto. Apenas pequenas rusgas, pequenas desavenças, pequenas diferenças que no decorrer dos anos vão crescendo e se acumulando, vão se agigantando e quando você menos percebe a amiga que você tanto gostava se torna um monstro, um monstro de quem você quer apenas se afastar. Um exemplo dessas desavenças: um ser humano que detestava, mas que era de nosso círculo de convivência, infelizmente começou a discutir comigo sobre um assunto qualquer. Ora essa, a minha amiga querida vendo a discussão nada fez, nada falou, apenas observou a discussão. E ela também odiava essa pessoa que, infelizmente, tínhamos que conviver por motivos que não vêm ao caso. Antes daquele dia o comportamento dessa amiga seria completamente outro, ela com certeza falaria algo ou tomaria meu partido. Mas não, ela ficou calada. Óbvio, os atritos de anos entre eu e ela já existiam, mas mesmo assim ainda éramos amigas, e confidentes, ao menos até àquele momento. Somente naquela cena percebi como nossa amizade estava desgastada, como não existia o mesmo afeto e carinho de anos atrás, o companheirismo, como tudo havia se tornado um miasma. Imaginem, depois disso simplesmente nos afastamos. Uma simples visão negativa que ambos tivemos ao mesmo instante sobre a outra, uma visão que não pode ser remediada e nunca mais modificada. Existiram até mesmo outros fatos antes dessa situação, mas não com a mesma importância. E bem semelhantes, não vale a pena contar. Seria repetitivo.

— Você já parou para pensar que talvez você tenha mais culpa nesse afastamento que ela e não consiga enxergar ou não queira enxergar?

— Mas nunca falei que não tenho culpa alguma. Também tenho culpa. Apenas não tenho mais culpa que ela. Ambas temos a mesma culpa. Erramos ambas. E aí você me pergunta, quem errou primeiro? E isso importa?

— Sim, isso importa. Quem errou primeiro tinha que reconhecer o erro e se desculpar. E quem foi ofendida aceitar o perdão para que a amizade se mantivesse sólida. Pelo visto, não existiu nada disso.

— Como disse, não lembro de tudo exatamente. Talvez tenha sido ela que errou, ou eu. Vai saber.

— Eu lembraria. E me desculparia caso tivesse errado.

— Você lembraria? Você não lembra nem a cor da calcinha que vestiu hoje, quanto mais uma ofensa ou destrato para uma amiga.

— Eu não lembro qual é a cor da minha calcinha que vesti hoje, mas lembro de como converso ou trato minhas amigas.

— Mentira.

— Um acidente. Não olhem.

25.

Três ou quatro carros engavetaram enquanto outro carro entrou na traseira de um caminhão que tombou de lado. O acidente parecia ser bem recente. Havia poucos carros e pessoas ao redor dos destroços. Os três carros começavam a pegar fogo. O caminhão e o outro carro, distantes cerca de dez metros, pareciam não ter sinal de fogo. Uma pessoa, que não consegui definir se era homem ou mulher, sinalizava com uma camisa vermelha e guiava os motoristas para o acostamento. Os cacos de vidros estalavam embaixo do pneu do carro. Não havia ninguém vivo ou ferido. Não consegui ver também nenhum corpo. As rodas grandes do caminhão ainda giravam no ar. Cheiro de gasolina e esterco. Pelos voavam e caíam no para-brisa. Passamos os carros. Apenas chamas que começavam a se formar na parte interna, nos bancos, nos painéis. Chamas vermelhas que formavam uma fumaça densa e escura. Cheiro de pneu, plástico queimado. Algumas pessoas distantes gritavam para que as pessoas que estavam próximas dos carros se afastassem porque havia risco dos carros explodirem. As pessoas começaram a se afastar. O sol estava forte, quase onze horas. As pessoas eram apenas sombras embaixo do sol forte. Passamos o caminhão e o outro carro. Ao longo da pista, milhares de coelhos mortos. Alguns ainda vivos pulavam e tentavam se afastar. Outros quase mortos se debatiam e abriam as bocas tentando respirar. Queimavam no sol. Algumas pessoas tentavam pegar os coelhos que estavam vivos e fugiam confusos. Usavam redes de pesca, baldes, panelas, lençóis de cama, toalhas, as próprias mãos. Os coelhos se debatiam, os tufos de pelos se espalhavam, queimavam no fogo que tomava os carros e na gasolina esparramada pela pista. Iris acelerou o carro e saímos do acostamento. Nenhuma das meninas falou nada. Um pedaço de tufo ficou grudado no limpador do para-brisa. Com a aceleração do carro ele voou. No espelho retrovisor vi seu último giro antes de cair em um barranco cheio de mato.

26.

Durmo por alguns minutos.

Sonho que o carro em que viajamos capota na pista e todas as cinco, inclusive eu, são jogadas para fora. Percebo que eu e as meninas estamos vivas. Apenas não conseguimos nos mover direito. O carro capotado em menos de dois minutos pega fogo e explode. Estamos em um lugar deserto, cercado de mato e árvores. Com a fumaça que sai do carro, várias pessoas começam a aparecer por entre as árvores e pela pista. Fico feliz e grito de felicidade. As meninas também estão felizes e gritam. Com a aproximação das pessoas percebo que elas carregam baldes, lençóis e carrinhos de mão. Sorrio por pensar que são para nos ajudar, os lençóis são para nos limpar, nos baldes há água, o carrinho de mão é para nos retirar da pista e nos carregar para um lugar seguro. Mas ao invés disso, os baldes, lençóis e o carrinho de mão são para nos aprisionar, nos amarrar e nos carregar. Uma das meninas parece ter sido encolhida pelo acidente, ou partida ao meio, porque apenas metade do seu corpo coube em um balde. Ela grita em desespero e pede socorro. Agora não me recordo se foi Iris ou Isis. Outra é amarrada por lençóis e carregada em uma espécie de rede. Para mim sobra o carrinho de mão. Tento gritar e xingo a pessoa que me carrega. Em vão. Tento enxergar o rosto da pessoa e não consigo. O sol na sua nuca oculta seu rosto. Na verdade, são no mínimo três pessoas que me carregam. E todos estão com os rostos ocultos pelas sombras. No desespero sinto apenas o cheiro de gasolina e fumaça me envolver enquanto meu corpo sacoleja no carrinho de mão. Depois de alguns metros, resta apenas a fumaça densa e escura que se espalha na direção do céu completamente azul, sem nenhuma nuvem.

27.

Tenho outro sonho no mesmo instante.

Sonho que sou uma árvore. Uma imensa árvore forte e antiga. Uma árvore de quase cem anos. Copa larga, tronco robusto, raízes grossas. Estou enraizada ao lado de uma rodovia, bem próxima de uma pista com pouco movimento. Poucos veículos passam. Um a cada três horas. Um dia, um carro para no acostamento e desce até ficar totalmente coberto pela sombra da minha copa. É algo próximo de meio-dia e o tempo está quente, apesar de ventar um pouco. Consigo visualizar uma mulher jovem no banco do carona. Deve ter no máximo 23 anos. Talvez 22. No banco do motorista está um homem. Eles conversam por um tempo e depois passam a namorar. Os beijos e abraços em algum momento se torna agressivo e a mulher sai chorando do carro e se senta em uma das minhas raízes. Suas lágrimas caem sobre mim. Sinto toda a sua dor, sua raiva, sua frustação. O homem apenas permanece dentro do carro. Respira e parece olhar para o nada. Não consigo visualizar seu rosto. Ele permanece oculto na sombra, cercado por sombras, ele mesmo uma grande sombra sem rosto, sem aspectos exatos, apenas um homem pelo pouco que consigo enxergar, um homem qualquer. Segundos depois ele liga o carro e se afasta. A mulher começa a chorar e sua dor aumenta a ponto de me sufocar. Tento mover meus galhos para conseguir abraça-la e não consigo. Seu choro aumenta até o ponto em que ela simplesmente se cansa e dorme. O sol avança sobre mim. O sol avança sobre ela. O tempo passa. A nova areia trazida pelo vento se deposita na casca velha e grossa do meu tronco, sobre minhas folhas e raízes. A mulher ainda dorme. O sol se esvai em vermelho sangue no azul-anil. Uma lua cheia e imensa ilumina o nada cercado pela noite sem estrelas, ilumina minhas raízes e ilumina a mulher que descansa e dorme profundamente. Na distância, faróis de um carro iluminam a rodovia, o campo, e atrai os insetos da noite. A mulher acorda. É o mesmo carro com o mesmo homem. Ele abre a porta do carona. Ela levanta. Tento impedi-la com meus galhos e não consigo. Ela entra no carro e parte. Uma seiva escura e pegajosa escorre pelo meu tronco. A lua cheia avança pelo céu e ilumina a seiva que escorre até minhas raízes, se espalha pelo chão ressequido e apodrece.

28.

– Meu sonho foi semelhante, digo, foi próximo do que você sonhou. Vejo uma casa isolada no meio de um campo aberto antes de uma serra. É noite fechada, nenhuma lua e nenhuma estrela. Apenas uma lâmpada na varanda ilumina a casa. A casa é pequena, com apenas uma porta e duas janelas em cada lado da porta. Uma pequena varanda na frente, as laterais e o fundo, que não são tão visíveis devido à escuridão. No meu lado direito surge um carro com os faróis altos que iluminam a noite. Ele avança pelo campo e demora muitos minutos até chegar na casa, como se estivesse em marcha lenta, ou algo o impedisse de avançar mais rápido. Para na frente da casa. Cinco pessoas saltam do carro. Parecem cinco homens, mas não tenho certeza, talvez fossem cinco mulheres, ou três homens e duas mulheres, enfim. Um deles bate na porta. Depois de alguns segundos a porta é aberta. A sombra de alguém se move dentro da casa, alguém que não consigo enxergar. As cinco pessoas entram na casa e a porta se fecha. O tempo avança. Nada se move. A noite permanece noite. Apenas o barulho do motor do carro quebra o silêncio. Sinto cheiro de fumaça, cheiro de fumaça quando a madeira está molhada, ou plástico, um cheiro forte e desagradável. Noto a fumaça saindo pelas telhas da casa. Uma fumaça escura da mesma cor da noite, bem densa. No interior da casa, mesmo que de forma bem tênue, se vê uma cor vermelha de fogo, uma cor vermelha e amarela que brilha entre as paredes e as telhas. A porta se abre. As cinco pessoas saem correndo do interior da casa. Pela porta aberta se vê as chamas rápidas subindo as paredes e se espalhando pela madeira do telhado. As cinco pessoas entram no carro e partem com fúria, cantando pneu e levantando uma grande quantidade de areia e terra. Rapidamente somem pelo mesmo caminho e direção que apareceram. A fumaça na casa se adensa com mais intensidade e se torna mais visível diante das chamas que a tomam. O fogo torna-se um pequeno sol cercado pela escuridão da noite: vermelho, amarelo, dourado, branco e azul em alguns pequenos pontos. Fico observando extasiada a casa sendo consumida, sem pressa, por todas as chamas que se transformam com o avançar do tempo. O cheiro da fumaça agora se torna agradável, um cheiro adocicado e amadeirado, por incrível que pareça. Ninguém saiu da casa. Assassinado pelo grupo? Morto pelo fogo? Me questiono rapidamente enquanto ainda observo as chamas, que agora se espalham pela vegetação ao redor da casa. As paredes caem com estrondo, espalhando fagulhas e brasas ao redor de uma nuvem de calor. O restante do telhado desaba. A madeira antiga e forte ainda queima por meia hora até se extinguir. Uma fumaça tênue e branca sobe na direção do céu ainda escuro. Viro-me e dou as costas para a casa. Caminho pela estrada que, acho agora, caminhava antes de parar e observar a casa. Acho que sinto medo, mas não tenho certeza. Acordo.

29.

– * ****** ** *****, por exemplo, da ****** *****, não trata disso?

– Não, não trata de nada disso.

– Trata do quê, então?

– De forma bem grosseira, fala de uma mulher que começa a surtar em uma cidade grande. E continua surtando mesmo quando se afasta dessa cidade grande e parte para uma cidade pequena, tranquila, junto aos pais. Tudo a incomoda, tudo a deprime, tudo a deixa quebrada e estagnada, até mesmo coisas que possivelmente a agradariam se tornam insuportáveis. Uma grande depressão intransponível, irremediável. Uma grande depressão sem nenhuma causa aparente, apenas a depressão e nada mais. E quanto mais ela tenta fugir de sua doença, mais afunda nela, até nada restar a não ser a morte.

– Mas a personagem se mata?

– Não, tenta várias vezes, mas não consegue.

– Mas na narrativa também fica explícito que existem fatores externos que ajudam na depressão dela.

– Não existem fatores externos, a não ser situações estressantes que todo mundo enfrenta e que para ela, a personagem, se torna terrível. Basicamente o livro define o que é uma pessoa com uma depressão severa: não adianta tratamento, não adianta fugir, não há fuga possível. Ao menos nesses casos.

– E o texto ganha mais força porque a ****** acabou se matando.

– E caso ela não tivesse se matado, o texto seria relevante?

– Sim, seria. Mas não teria tanta repercussão.

– E a poesia dela?

– Boa.

– Eu acho ruim.

– Eu gosto.

— Nunca li.

— Então, o melhor dela está nesse romance.

— Entenda, os pontos da discussão não são esses. Os pontos são a sua biografia, o país de origem dela, a língua em que ela escreveu, o momento histórico, a separação dela e depois seu suicídio. O marido teve culpa ou não? Sua importância a partir disso, a leitura de seus textos acontecer a partir desses pontos, e não se o texto dela é bom ou não, isso não se discute, é de fato bom, mas até que ponto ela seria lida se não tivesse inserida nesse contexto? Quantas milhares de outras mulheres produziram textos melhores e não foram lidas? Esses são os pontos.

— Bom, então você quer dizer que ela não vale a pena ser lida por ter todas essas situações biográficas que permeiam seus textos, a sua produção?

— Não, não disse isso. Digo que estamos discutindo esse assunto, sobre essa autora específica, porque historicamente ela suscita debate, ela chama atenção, mas ela chama atenção porque está inserida nesse contexto. Anule os dados biográficos dela, será que estaríamos discutindo sobre ela? Será que você leria seu livro? Será que eu leria? Não falo de sua produção em si, como disse, acho muito boa, mas questiono a validade de sua leitura ser tão relevante a partir desse emaranhado de dados biográficos. E se não existissem? Ou se existissem, mas ela escrevesse em outra língua, se ela não fosse do país que ela é, não tivesse a origem que tem? Ela seria lida, estaríamos discutindo sobre ela?

— E se ela fosse um homem?

— Seria o mesmo questionamento. Porque esse autor é lido e não outro? Não adianta ser apenas um gênio, você precisa estar no lugar certo e ter sorte com a propagação. Óbvio, você pode estar no lugar certo, ter a sorte com a propagação (dados biográficos, língua em que escreve, país de origem, contexto histórico, etc.) e não ter o gênio para construir nada. Ou ter tudo isso, inclusive o gênio, e mesmo assim não ser lido, não ser canonizado, ser desprezado com todo rancor por autores menores, autores medíocres, estudiosos medíocres.

— Então, o elemento principal nisso tudo que você fala é a sorte?

— Bingo.

— E como consegue essa sorte?

— Tendo-a.

— Então, ela teve sorte? Ela se matou.

— Sim, ela teve sorte. E o seu suicídio, que simplesmente foi a forma como ela morreu, ajudou ainda mais.

— Que horror, como você pode dizer uma coisa dessa?

— Ela se matou para criar uma imagem e ser canonizada, é isso? Para ser lida?

— Sim, eu acho.

— Que horror. Se fosse você repensava toda essa sua tese louca.

— Pensem comigo, caso ela não tivesse se matado os outros pontos do contexto teriam a mesma relevância?

— Não, não teriam, mas achar que ela tirou a própria vida para ser imortalizada, isso é um absurdo bem grande.

— E a depressão dela? Ela não tinha como melhorar, talvez desejasse a morte como uma forma de fugir de sua doença. Por que não unir as três coisas? Imortalidade + Morte + Vingança.

— Vingança?

— Sim, contra o marido que a atraiu, contra o marido que a abandonou com duas crianças. Uma vingança passiva, mas mesmo assim uma vingança. Consegue a morte livrá-la de sua doença terrível, propaga sua imagem e seus textos que ela tanto amava, vinga-se do marido adúltero e canalha.

— Bom, despois disso, prefiro me calar.

— O seu pensamento tem certa lógica.

— Também achei.

— Lógica de cu, isso sim.

— Bom, essa teoria não é minha.

– E de quem é?

– Não tem uma pessoa específica. É uma teoria, as pessoas apenas passam de uma para outra.

– Desejo com todas as minhas forças que essas pessoas, com esse tipo de mentalidade, nunca saibam da minha existência.

30.

– Como assim, vocês não conhecem Nísia Maria, a maior escritora do Uruguai? Nasceu em Santa Maria, filha e neta de prostitutas. O pai era açougueiro e ficou cinco anos preso por matar dois homens em uma briga de bar. Matou os dois com apenas um canivete, cinquenta facadas para cada homem, a maioria na região do coração e pescoço. O motivo? Ninguém sabe. Antes de Nísia Maria nascer, ele foi morto. Um tiro pelas costas. Era alto, forte, bonito. A mãe e a avó também eram mulheres bonitas, fortes e valentes. Não escondiam a forma com que ganhavam a vida. Muito pelo contrário, tinham orgulho do que faziam. Enriqueceram com a prostituição. Tinham mais poder e dinheiro que muitos homens. A mãe de Nísia Maria transou com o pai da Nísia Maria com o único intuito de ter uma filha bela, mais bonita que ela e sua mãe. Ao contrário disso, Nísia Maria nasceu feia, corcunda e com cara de bruxa. Ninguém entendeu nada. Como uma criança poderia nascer daquele jeito com pais tão bonitos? Uma maldição, algum antepassado? Algo deu errado, todos diziam. A única característica que ela herdou dos pais foi a valentia. Na escola não escutava desaforo. Apesar das limitações físicas era forte como um leão, explosiva. Era respeitada, temida e extremamente solitária. Na adolescência começou a ler muito e escrever. Com vinte e um anos publica o primeiro livro de crônicas. Os temas variam: solidão, disformismo, alienação e sonhos. A edição é custeada com o pagamento do jornal que publica suas crônicas. Renega o dinheiro da mãe. É extremamente orgulhosa. A mãe sofre, mas aceita a natureza firme da filha. Um ano depois publica um livro de contos. Dessa vez consegue editar por uma editora. Conhece e se apaixona por uma poeta casada e mais velha. Guarda pra si a paixão por vários meses, até que se declara. É desprezada e ridicularizada pela poeta, que espalha para todos "a loucura da mulher mais feia do mundo". Com raiva, Nísia corta o rosto da mulher com uma navalha e foge da cidade, partindo para uma das fazendas da mãe. Depois de duas semanas, retorna. A mãe a protege. O marido da poeta tenta esfaqueá-la quando ela sai do jornal em que trabalha. Luta com o homem e rasga o pescoço dele de orelha à orelha. Os jornais rivais à apelidam de "a bruxa que escreve e mata", "a escritora mais feia do mundo", "a escritora que escreve com sangue e navalha". Ela não se importa com os apelidos. A mãe pensa em comprar o silêncio do jornais, mas Nísia impede. Deixem que falem, não me importo com mais nada, ela fala para a mãe. Continua escrevendo para o jornal e relata exatamente o que ocorreu, defendendo seus princípios e sua dignidade. Seis meses depois desses fatos publica um pequeno romance. Trata sobre a solidão de uma escritora tentando achar seu próprio caminho, um novo caminho literário, uma nova estrutura e o fracasso dessa tentativa. A crítica se divide, alguns a defendem, outras a atacam. O livro vende bem, apesar de tudo. Apaixona-se por um escritor argentino que passa por Santa Maria e admira seu trabalho. Ela pergunta se ele sabe dos crimes que ela cometeu. O escritor diz que todos sabem da vida dela e a admira mesmo assim, ou talvez até mais, justamente por essa expressão de força ao matar um homem com as próprias mãos. Naquela noite, Nísia sonha que tem um filho com aquele rapaz alto, cabeludo e que te faz lembrar seu pai. Antes dele partir, se declara para ele. Assustado ele fala que infelizmente não poderia fazer nada com os sentimentos dela, era homossexual. Ela fala que não teria problema algum, o amaria da mesma forma, o desejo sexual era o menos importante. Ele fala que estava apaixonado por um rapaz de Bueno Aires, seria impossível qualquer coisa com ele nesse momento. Ela entende e ele parte. Entra em depressão logo em seguida. Tenta se matar com veneno para ratos, mas é salva por uma criada que a faz vomitar. Fica prostrada na cama por quase duas semanas. Recupera a saúde e tenta escrever. Não consegue. Pensa no argentino o tempo todo. Viaja até Buenos Aires e o encontra. Ele vai com o seu parceiro. Ela não acredita naquilo. O rapaz é lindo, meio masculino e feminino, completamente belo e andrógino. Ela fica furiosa com tamanha beleza e perfeição. Retira um frasco de ácido da sua bolsa e joga sobre eles. No último momento desvia para o chão e o ácido se espatifa sem atingir os dois. Sai correndo loucamente na noite e retorna no mesmo dia para o Uruguai. Manda cartas se desculpando, cartas que ele não responde. Sofre uma nova depressão que combate com a escrita. Escreve em apenas onze meses um romance, um novo livro de contos, um de poesia e um livro de sermões. Todos são bem recebidos e vendem bem, menos o de sermões, que todos acham incongruente e sem sentido. Onde já se viu? Uma mulher escrevendo sermões, todos falam. E como sabemos hoje, o melhor texto dela está nos livros de sermões. Esquece as paixões e se isola na fazenda da mãe por seis meses. Lê muito e escreve pouco, apenas alguns poemas bucólicos. Viaja para a Europa e odeia cada segundo, ficando apenas duas semanas. Acha os europeus falsos, metidos e arrogantes. Volta para Santa Maria e tem um momento longo de paz com o próprio coração. Durante dois anos não sente nada por ninguém e parece aceitar a sua solidão como algo permanente. Escreve muito, todos os dias. Publica um romance, um livro de crônicas, um de contos, um de poesia e um de sermões. Trata em todos eles sobre a solidão, o amor incondicional, o ódio incondicional, a força da mulher diante da opressão masculina, a violência que as pessoas praticam aos outros e em si mesmos, o vasto campo uruguaio, o sagrado silêncio, a ausência de sofrimento diante da perda. Tem apenas vinte e oito anos, mas aparenta ter sessenta. Outros, maldosamente, diziam que ela parecia ter noventa anos. Ela não se importa. Está firme. Firme como uma rocha esquecida no meio do nada, sem sofrimento ou mudança. Tem apenas vinte e oito anos e já possui uma obra, talvez a melhor obra de todo Uruguai. Quanto a isso ninguém discute. Ela percebe sua genialidade, o amadurecimento de sua alma e de seus livros caminhando lado a lado. Muda-se em definitivo para a fazenda da mãe. Vive com o dinheiro dos direitos autorais. Uma vida simples e feliz. Ela mesma cuida da horta e dos animais, cozinha e lava suas próprias roupas. Escreve pela manhã e lê durante a tarde. Às oito da noite já está dormindo. Quando sente um pouco de solidão, caminha um quilômetro até uma bodega simples na beira da estrada. Apenas homens frequentam. Homens idosos. Ninguém se importa com a aparência dela ou pelo fato dela ser mulher. Logo faz amizades e conversa de igual para igual com os homens. Pela primeira vez se sente pertencida. A conversa gira em torno dos trabalhos nos campos, partidas de futebol, as doenças e mortes dos animais de criação. Um rádio velho fica ligado o tempo todo no alto da parede; as cebolas, alhos e as carnes cobertas de sal se misturam com as garrafas de bebidas. Apenas uma lâmpada ilumina todo o pequeno ambiente. Como sei todos esses detalhes? Ela escreveu sobre esse lugar. Disse que, ali sim, se sentia como em uma igreja: em paz. E foi um dos últimos textos dela. Voltando uma noite dessa bodega caiu em um buraco na beira da estrada, aberto pelas chuvas de outono. Caiu no buraco e foi empurrada para a ribanceira, rolando pela encosta e acabando em um pequeno lago de lama formado pela enxurrada. Como disse, era forte, apesar de todos os problemas físicos. Acabou morrendo afogada na lama. Apenas pela manhã acharam seu corpo. Foi enterrada com honras em Santa Maria. Cerca de cinco livros foram publicados após a sua morte, o que ampliou ainda mais sua reputação de melhor escritora do Uruguai. Tinha apenas trinta e um anos.

31.

— Frágil e lindo. Desprezível e ao mesmo tempo uma pequena luz no mundo, cheio de paixão, amor e vazio. Uma pessoa difícil e ao mesmo tempo uma pessoa maravilhosa. Como faço para explicar? Nem sei por onde começar. Esse homem se apaixonou por mim. O conhecia por frequentar meu trabalho. Um belo dia se declara. Fico assustada, não respondo nada. Ele envia presentes, manda flores. Devolvo tudo. Explico que nada sinto por ele, que aquela paixão não tem sentido, que ele aceitasse. Ele me olha assustado e começa a chorar. Ao invés de sentir pena, sinto nojo e saio correndo. Ele se joga no chão e parece desmaiar, não sei. Ainda procuro a família e conto o que se passa. A família pede que eu me afaste dele, nessas circunstâncias ele costumava ficar violento e perigoso. E que se ele insistisse em me procurar, que eu fosse para delegacia e o denunciasse. Ele some. Eu sigo minha vida. Um dia o encontro. Estava lindo, arrumado e perfumado. Parecia bem. Morrendo de medo falo com ele. Ele me reconhece e meio envergonhado pergunta como estou. Digo que estou bem e que fico feliz de ver que ele também está bem. Saímos para almoçar e rimos de todo o drama que ele fez no passado, principalmente ele ri bastante de si mesmo. Trocamos contato e nos despedimos. Duas semanas depois o encontro e ele continua lindo. Por incrível que pareça quem sente algo por ele, nesse momento, sou eu. Mas lembro de tudo que passamos e me contenho. Ele me trata bem e almoçamos. Naquela noite sonho com ele. E nas próximas sete noites continuo sonhando com ele. Estou apaixonada. Uma sensação horrível e incontrolável de ter um contato visual com ele, de ver seu rosto e sentir seu cheiro. Luto contra isso com todas as forças e acabo cedendo. Beijo sua boca de forma desajeitada. Ele se assusta e me repele. Diz que sente algo por outra mulher. O que sentia por mim acabou. Digo que tudo bem, não me declaro e falo que estou apaixonada. Volto para casa e choro a noite toda. Sonho que o quarto fica inundado por lágrimas e morro afogada. Não riam.

Fiquem quietas. Onde estava? Sim, lembrei. Controlo minha paixão e sigo minha vida. Ainda o encontro, mas o evito de todas as formas possíveis. Ele aparenta estar bem e feliz. Um dia simplesmente o encontro e vamos almoçar. Ele me conta que a mulher por quem ele estava apaixonado o abandonou, que ele estragou tudo com a sua intensidade sem controle. A mulher reclamou que se sentia sufocada ao lado dele. Começou a chorar na minha frente. Ao contrário da outra vez, não senti repulsa. Senti pena mesmo. O reconfortei, disse que aquilo passaria, bastaria seguir adiante. Junto com esse reconforto a minha paixão ao invés de se intensificar minguou completamente, ali, naquele momento. Ainda pensei nele por alguns dias, até esquecê-lo completamente. Um mês depois ele se matou enforcado. Uma nova paixão que o recusou com veemência e agressão física, segundo relato de um dos irmãos.

32.

— É aqui?

— Sim. É aqui.

— Ótimo, estou louca para aproveitar o resto do dia.

— E conhecer o moço apaixonado.

— Vamos descarregar o carro e pegar as malas.

— Ei, esperem. Preciso falar uma coisa.

— ...

— ...

— ...

— ...

— Eu esqueci de falar com ele que vocês vinham.

— Como assim, caralho?

— É apenas um detalhe. E ele é legal.

— Que dizer que nós, suas amigas, somos um mero detalhe?

— Não quis dizer isso. Apenas esqueci de avisar. Tenho certeza que ele não vai se importar que vocês passem o dia comigo.

— Porra, Isis, eu não trouxe dinheiro para hotel.

— Vocês não vão para um hotel, prometo.

— Deixem de agonia. Ela vai conversar com o cara e tudo bem. Não é isso?

— É isso.

— Pronto. Vai logo e não demora. Quero conhecer o gatinho.

— Aguardem aqui.

33.

Descarregamos o carro e sentamos em um banco de cimento cercado por um jardim cheio de flores. Depois do jardim havia um pátio e o muro de grades baixas do prédio. O prédio era pequeno, três andares, pintado de branco e cinza. Ao redor dele o jardim com flores seguia até uma área de garagem coberta com telhas de amianto. A rua era limpa e silenciosa, com muitas casas, árvores e outros prédios também pequenos. Imaginei Isis vivendo ali, saindo para trabalhar, brincando com sua filha pelo pátio. Depois envelhecendo e caminhando com dificuldade pelo mesmo pátio. As flores seriam as mesmas, o mesmo silêncio, a mesma paz. Tudo uma grande ilusão. Ilusão de perfeição absoluta, que nunca será possível. As meninas ficaram conversando sobre outras coisas que agora não me recordo. Estava em meu devaneio com Isis. Olhei por acaso para a janela no segundo andar, acho que naquele instante seguia uma borboleta que voava entre as flores, uma grande borboleta azul, grande o suficiente para ser uma mariposa e não uma borboleta, quando visualizei uma pessoa na janela. A janela estava fechada e a pessoa tinha entrado entre as cortinas, ou seja, não as tinha afastado. Parecia estar ali por minutos nos observando. Eu falo uma pessoa porque tenho certeza que era um homem que nos observava na janela, não era uma mulher. Um homem com uma barba bem rala que usava uma peruca loura ridícula, que parecia estar caindo de sua cabeça quando o vi. Usava batom bem grosso e vermelho nos lábios e um vestido florido de tiras que parecia ser dois tamanhos menores que seu corpo. Seus ombros saltavam para fora, ombros fortes e imensos de um homem que possivelmente fazia natação. Assim que percebeu que o observava, saiu da janela com rapidez e empurrou a cortina com raiva, tentando se esconder. Tudo durou três segundos? Seis segundos? Não sei precisar. Apenas sei que foi rápido o suficiente para ver tudo com exatidão. Um homem travestido nos observava. E antes de Isis entrar no prédio, lembro dela mencionar que o apartamento do namorado era no segundo andar. Ou estou enganada? Acho que não. Tenho certeza que não. Dois minutos depois Isis apareceu. Estava chorando.

34.

— O que aconteceu?
— Nada, vamos embora.
— Como assim?
— Vocês brigaram?
— Não, vamos embora.
— Vamos embora para onde?
— Vamos sair daqui, apenas isso.
— Vamos dar uma volta, então.
— Vamos na praia.
— Que confusão.
— Não resmungue, deixe ela se acalmar.
— Alguma coisa aconteceu. E grave.
— Vai saber o que aconteceu.
— Eu sei o que aconteceu. Acho, na verdade.
— Então fala, porra.
— Não, aqui não.
— Você viu o quê?
— Aqui, não. Depois. Vamos sair daqui.

35.

Colocamos as mochilas dentro do carro bem rápido. Enquanto Iris manobrava o carro, a cortina de uma janela no segundo andar se moveu. O mesmo homem de peruca loira e a boca com batom vermelho nos observava. Quando percebeu que eu o enxergava, saiu rapidamente da janela.

36.

Depois de cinco minutos chegamos na praia. Isis ainda chorava. Descemos do carro. Iara abraçou Isis e as duas seguiram caminhando pela areia até sentarem próximo da água. Ondas fortes e grandes quebravam na mar. Espumas longas se espalhavam sobre a areia. O dia era claro, sem nuvens. Não havia quase ninguém na praia. Os sombreiros coloridos das barracas brilhavam no sol. Mais distantes, os barcos ancorados dos pescadores eram erguidos pelas ondas. O vento forte carregava a areia alva. Cheiro intenso de maresia. Irene e Iris me chamaram.

37.

— Fale logo.

— Não tenho certeza, prefiro não falar nada.

— Fale logo, Izabel.

— Você viu alguma coisa?

— Não tenho certeza.

— Fale logo.

— Tá bom.

— Fale.

— Entre as cortinas de uma janela do segundo andar do prédio vi um homem de vestido, peruca loira e batom vermelho que nos observava.

— Qual é o andar do namorado da Isis?

— Segundo, acho.

— Tenho certeza que é o segundo, ela mesmo falou antes de entrar no prédio.

— Puta que pariu.

— O apartamento dele é o da frente ou o de trás?

— Como assim?

— Cada andar tem dois apartamentos. O apartamento da frente e o de trás, que dá para a garagem.

— Nada disso, cada andar é um apartamento único. Lembro da Isis falar isso em algum momento da viagem. Dizendo, inclusive, que dava tranquilamente para trazer todas as coisas dela quando se mudasse porque o apartamento era imenso, um por andar.

— Quantos andares tem o prédio?

— Cinco?

— Que eu me lembre, três.

— Então, era ele.

— Mas o fato dele estar travestido foi o motivo?

— Alguma mulher com ele?

— Algum homem?

— Todas as opções.

— Só vamos saber depois que Iara voltar com ela.

— Conhecendo a Iara, ela não vai contar nada.

— Ela vai contar, sim. Somos amigas e ela tem que contar o motivo da briga.

— Só não vamos encher o saco da Isis, certo? Nenhuma pergunta.

— Certo.

— Ok.

— E agora?

— Sei lá.

— Eu vou curtir o dia. Na medida do possível.

— Vamos beber uma?

— Vamos. Izabel, você já dirigiu hoje?

— Não. Podem beber. Eu volto dirigindo.

— O que aconteceu que não quer beber?

— A famosa menstruação.

— Tá com cólica?

— Um pouco. Tá no final. Podem encher a cara.

— Só não vamos exagerar, ok? Em respeito a Isis.

— Certo.

— Quem está com a chave do carro?

— Eu. Tome.

— Beleza.

— Vamos sentar naquelas mesas e esperar Iara e Isis.

38.

Irene e Iris pediram uma cerveja. A menstruação foi uma mentira. Assim como a cólica. Não queria beber. Caso não desse uma desculpa, iriam encher tanto a minha cabeça que acabaria bebendo só para me livrar delas. E como poderia beber sabendo que uma amiga estava sofrendo, logo ali, na minha frente. Não falei nada para não gerar atritos com as duas. Ou talvez eu seja uma covarde. Tantas coisas na cabeça. Tantos pensamentos. Às vezes questiono a validade desse livro. Esse livro será relevante para a sociedade? Será relevante para as mulheres já que é escrito para elas? Não serei tachada de mulher machista, narradora machista, narradora que alimenta a opressão, escritora de merda que degrada seus próprios valores para fazer uma literatura de merda e auto ficcional? Porra, ser chamada de umbiguista é o mesmo que jogar uma pedra na minha cabeça. Estou pensando seriamente em destruir esse livro. Os diálogos estão horríveis, os contrapontos também, a estrutura e a forma estão todas erradas, não há desconstrução da linguagem, não há subtração da ação, não há imersão, não há nada. Apenas conversas soltas, algumas descrições ridículas. A crítica vai odiar. Isso se algum deles ler o livro. Ainda existe crítica literária no país? Quem me julga? É como se estivesse escrevendo para ninguém, no centro do nada, em uma língua desconhecida ou esquecida. Qual o sentido de continuar essa narrativa? Sadismo? Masoquismo? Terminar algo simplesmente porque comecei? O que é a literatura brasileira?

39.

Enquanto pensava sobre tudo isso, Isis tentou se matar. Iris e Irene já estavam na quinta ou sexta cerveja. Nem escutava mais o que elas falavam. Isis simplesmente se levantou da areia e correu para dentro da água. Iara, sem entender nada, ficou apenas observando ela se afastar no mar revolto. Depois saiu correndo e pediu ajuda para um grupo de pessoas que estava próximo dela. Duas pessoas desse grupo entraram na água e avançaram pelas ondas com velocidade. Chegaram ao corpo de Isis que subia e descia pelas ondas como uma mancha escura imersa em espumas e claridade. Quem eram aquelas duas pessoas? Pareciam homens, talvez mulheres, eles estavam distantes, não consegui visualizar direito. Apenas sei que conseguiram recuperar o corpo de Isis e levar até à areia da praia. Alguém do grupo, que não entrou na água, fez respiração boca a boca e depois colocou o corpo dela de lado. Ela gemeu e começou a vomitar água, voltando à vida. Todo instante fiquei tão paralisada de medo que nem avisei as meninas sobre o que ocorria. Recuperada, Iara veio abraçada com Isis pela praia, trazendo ela de volta.

40.

— Vamos embora, meninas?

— O que ocorreu com Isis que molhou a roupa desse jeito?

— Estávamos próximo da água e uma onda nos molhou. Um acidente.

— Hum...

— Vocês estão bebendo?

— Sim.

— E quem vai dirigir o caralho do carro?

— Izabel não está bebendo.

— Eu vou dirigir, não se preocupe.

— Como vocês duas podem beber nesse momento?

— Não enche o saco, Iara.

— Vagabunda.

— Vagabunda é você.

— Chega de discussão, pelo amor de Deus.

— Vamos voltar agora mesmo.

— E quem decide isso? É você? Sozinha?

— Vocês querem ficar? Fazer o que aqui?

— Curtir a praia, curtir a vida.

— Depois do que ocorreu? Vocês estão loucas?

— Vossa majestade não apita minha vida.

— Beleza, então. Não vou discutir. Volto de ônibus com a Isis.

— Chega dessa merda.

— O carro é de Isis, esqueceu? E ela está mal. Ou você não está enxergando?

— Vamos voltar?

— Voltar é o caralho.

— Eu quero voltar para casa.

— Eu também.

— Idem.

— Foda-se, eu fico. Volto de ônibus. Sozinha.

— É isso que dá beber. Fica parecendo uma puta de beira de estrada.

— Puta é sua mãe, Iara.

— Chega dessa merda!

— Você não vale um pedacinho de cocô, sua putinha.

— Vou meter a mão na sua cara!

— Venha!

— Chega dessa merda!

— Vamos embora, gente. Por favor. Por mim. Quero vocês comigo. Todas.

— Perdão, Isis.

— Perdão, não está mais aqui quem falou.

— Perdão.

— Vamos embora?

— Temos que abastecer o carro.

— Deixe eu trocar de roupa. E trocar a Isis também.

— Enquanto vocês trocam de roupa, eu abasteço o carro.

— Não, vamos trocar de roupa aqui mesmo, no carro.

— Beleza.

— Vocês fazem uma barreira fora do carro para que ninguém nos veja. Vai ser rápido.

41.

Iara e Isis trocaram de roupa e depois abastecemos o carro. Nem tento entender nada do que ocorreu (e nem o que ainda irei relatar nos próximos capítulos. Sim, caro leitor, tudo fica pior. E tudo fica pior porque essa é a realidade do mundo que nos cerca, o resto é ilusão. Caso queira um final feliz, recomendo que pare por aqui mesmo. Aliás, nem devia ter começado a ler esse livro. Bom, digo isso sem querer te ofender. Por favor, não se ofenda. Mas os fatos são esses que se apresentam. Agora e no futuro.), porque ocorreu, quem criou essa cisão no tempo e destruiu a felicidade de uma mulher. Ou somos frágeis demais e qualquer cisão nos magoa a ponto de tentarmos nos matar? Como eu me comportaria? Agora, me colocando no lugar de Isis, eu tento entender. Mas a resposta que busco não resolve o problema, apenas ilude ainda mais. Eu não sou a Isis, e a Isis não é eu, não temos como nos colocar no lugar do outro, nunca. Isso apenas gera uma fantasia de entendimento. Uma fantasia que nos conforta e nos tira da realidade. A minha realidade diante de tudo, até agora (e no futuro), é bem confortável. Estou apenas assistindo. Assistindo e relatando para vocês em um presente, passado e futuro. Como se fosse Deus. E ser Deus é algo bem confortável, algo bem falso, algo bem cínico. Uma ilusão. E tudo isso é o que sou agora como narradora e escritora: falsa e cínica. Mas as melhores narrativas não nascem disso? As melhores escritoras não são as falsas e cínicas? Questionamentos que não trazem solução alguma, apenas geram mais ruídos e contradições. Um amontoado de nada. Um amontoado de fantasias. Estou cansada. Vamos terminar logo essa narrativa.

42.

Comecei a dirigir nesse ponto. Iara ficou sentada no banco do carona. Iris, atrás de mim, Irene atrás de Iara. Isis ficou bem no meio. Dormia profundamente, deitada com a cabeça no colo de Iris e as pernas sobre o colo de Irene. Iara não falou nada, mas tenho certeza que ela deu algum remédio para Isis dormir. Iara, a nossa protetora. A nossa mãe. Saímos de ******* perto do meio-dia. Ninguém falava nada. Apenas uma mosca zunia dentro do carro. Parecíamos mortas. Cansadas de toda a maldade do mundo. Exaustas. E o pior nem havia acontecido ainda. Acho que vou pular logo para os fatos e parar de escrever besteira. Aliás, existiram algumas conversas. Esqueçam o que escrevi. Enfim, me acompanhem.

43.

— O que você deu para Isis?

— Veneno.

— Veneno?

— Pergunta idiota. Eu dei um sossega-leão para ela.

— Não foi muito?

— Foi o suficiente.

— Ela vai acordar quando?

— Na cama dela quando chegar na casa dela.

— Meus Deus, você dopou a mulher como se ela fosse fazer uma cirurgia.

— E daí?

— Você não pode fazer isso, caralho.

— Posso e fiz. Foi para o bem dela. Ela passou por um estresse muito forte. Ela não vai morrer, não se preocupe.

— Você perguntou se ela queria?

— Não, não perguntei.

— Quer dizer que você decide o que é melhor pra pessoa?

— Puta que pariu, qual é o seu problema comigo, posso saber?

— Não concordo com a sua tirania. Tomar decisões sem consultar ninguém, como se fosse dona do mundo.

— Eu fiz o melhor para ela, pensando nela.

— Sei, frase de tirano é com você mesmo.

— Você quer brigar comigo, vamos brigar. Para o carro, Izabel.

— Parem, vocês vão acordar ela.

— Acordar ela? Só se agente der um acorda leão.

— Parem de discutir. Não vai resolver nada.

— Ei, cuidado com o pescoço dela.

— Ela tá toda mole, coitada.

— O remédio que dei não vai matar ela. Ela só vai dormir. Não me irritem.

— Um dia faço o mesmo com você.

— E eu te devolvo na mesma moeda ou pior.

— Chega dessa merda. Maldita viagem.

— Calem a boca.

— Calar a boca é o caralho, eu quero ver quem cala a minha boca.

— Chega!

— Ei, Izabel, por favor, pare naquele posto que eu quero mijar.

— Logo naquele?

— Sim, qual é o problema?

— Sei lá. Vamos parar em um mais distante, pode ser?

— Eu quero mijar agora, estou apertada, por favor.

— Tudo bem.

— Obrigada.

44.

Paramos no mesmo posto em que abastecemos na vinda. Iara e Iris saltaram. Isis ficou sem apoio para a cabeça. Falei com Irene e ela colocou uma das blusas como apoio no pescoço dela. Isis gemou e voltou a dormir. Um ronco fraco, uma baba escorria pela sua boca. Eu e Irene rimos. Iara e Isis entraram abraçadas na loja de conveniência do posto. Depois do janelão de vidro sujo e embaçado as vi conversarem com alguém no caixa. A pessoa deu um giro de corpo e apontou para um bar que havia atrás da loja. O bar do cachorro magro. Elas saíram e entraram no bar. Pensei em falar alguma coisa, mas me calei. Pensei em sair do carro, mas fiquei quieta, paralisada de medo. Estava cansada. Estava confusa. E não confiava no meu pressentimento. Não confiava naquela época e muito menos agora. Elas estraram no bar. Pensei em falar alguma coisa para Irene. Olhei para Irene e ela ajeitava a roupa de Isis. Parecia também cansada. Desisti de falar com ela e fiquei olhando apenas para o bar. O cachorro magro apareceu. Caminhou um pouco e sentou no chão quente, bem em frente ao carro. Ficou olhando para mim, com a língua de fora. Uma baba começou a escorrer pelo canto da boca e pingar no chão. Seu pelo era queimado de sol, sujo, meio esbranquiçado e cinza. Entre as patas, ao longo do dorso, havia uma espécie de queimadura vermelha, meio rosada. Seus olhos eram escuros e um pouco amarelado. Um cachorro doente. Fechou a boca, levantou do chão e começou a caminhar na direção do bar. Senti alívio. Olhei novamente para Irene. Ela cochilava. Olhei novamente para o bar. Uma nuvem branca cortava o céu. O vento empurrava as latinhas de cerveja ao redor do lixo. Nas latarias dos carros o calor formava ondas de vapor. Nenhum barulho, nenhum som. Na rodovia nenhum carro. No bar apenas silêncio. Fechei os olhos e cocei as pálpebras. Três segundos, no máximo. Escutei passos. Abri os olhos. As meninas apareceram correndo, abrindo as portas e entrando no carro. Senti cheiro de álcool e cigarro, misturado com maresia e gasolina. Iara gritou que eu ligasse o carro e partisse. Iris, atrás de mim, chorava e gritava. Liguei o carro e acelerei. Pelo espelho retrovisor enxerguei apenas o cachorro magro deitado na sombra da imensa lata de lixo enferrujada.

45.

Depois de rodarmos por cerca de cinco minutos paramos o carro no acostamento. Iris ainda chorava e Iara parecia em estado de choque. Eu e Irene perguntávamos o que havia ocorrido, enquanto Isis ainda dormia. Nesse momento Iara começou a chorar e soluçar. Eu e Irene ficamos caladas. Iara se controlou, enxugou as lágrimas e respirou. Iris parou de chorar e ficou apenas gemendo baixinho. Iara, com a voz firme, mesmo ainda chorando, nos relata com detalhes o que aconteceu no bar. Seis ou nove minutos depois, ela termina. Ficamos em silêncio. Isis ainda dorme.

46.

— E então, o que vamos fazer?

— Vamos para a delegacia.

— Para sermos mais humilhadas?

— Vamos voltar lá e matar aqueles filhos da puta.

— Matar? Você ficou louca?

— Você quer fazer o quê, então?

— Ir na delegacia. Prestar queixa. Mostrar a violência que vocês sofreram e exigir a prisão dos homens que fizeram isso.

— Você vive onde, pelo amor de Deus, na Suécia?

— Vamos voltar!

— Vamos colocar fogo naquele lugar, isso sim.

— Não percam a razão.

— Como se o corpo fosse seu, não é mesmo? Como se a dor fosse a sua.

— Eu quero minha casa.

— Calem a boca, vocês vão acordar a Isis.

— Ainda bem que ela não está acordada.

— Escutem.

— Vamos na delegacia, é isso que devemos fazer.

— Porque não foi você, sua escrota.

— Eu entendo o que você passou, mas não é com mais violência que se resolve.

— Escutem. Calem a boca.

— Eu quero morrer.

— Vamos embora, procurar um lugar seguro.

— Se resolve como, então? Com uma queixa? Para quê? Para nada?

— Vocês querem se igualar àqueles montes de lixo, é isso?

— Calem a boca.

— Vamos embora.

— Vamos na delegacia. É o mais sensato, o mais correto.

— Vamos voltar e matar eles.

— Não, não e não.

— Mãe, você está aí?

— Escutem.

— Os policiais fazem com eles o mesmo que eles fizeram com vocês. Basta irmos na delegacia. Eles vão contar para os presos, vai dar tudo certo.

— Em que mundo você vive? Em que planeta você vive? Cale a boca, porra!

— Vamos sair daqui.

— Escutem.

— Violência gera violência.

— Mãe?

— Você é uma covarde!

— Vamos voltar e acabar com eles.

— Mãe?

— Escutem. Calem a boca e escutem.

— Chega dessa conversa, chega de violência, chega dessa viagem.

— Vai você na delegacia, passar a vergonha que não queremos, sua escrota!

— Vamos lá agora!

— Parem.

— Vamos fazer o quê?

— Nós somos superiores, não temos que nos igualar.

— Alguém?

— Foda-se o que você diz, sua escrota! Sua puta!

— Chega, chega e chega.

— Vamos nos acalmar!

— Alguém tem uma arma?

— Eu quero dirigir, me passa o volante.

— Eu não vou voltar naquele posto.

— Quem está aí?

— Covarde!

— Calem a boca!

— Chega!

— Meu nome?

— Chega. Calem a boca e escutem. Entenderam? Calem a boca e escutem. Todas!

47.

Tudo foi tão rápido que nem sei como descrever. Iara e Iris saltaram do carro assim que estacionei no posto de gasolina. E como das outras vezes, ele estava deserto. A pessoa que ficava no caixa também não estava. Apenas no bar se escutava barulhos de risadas e copos se chocando, tudo muito abafado. Isis ainda dormia com a cabeça no colo de Irene, que chorava sem fazer barulho e de cabeça baixa. Enquanto isso, Iara e Iris apareceram na frente do bar e seguiram por uma das laterais. Passaram os carros destruídos e sumiram. Caminhavam rápidas, firmes, corpos eretos. Olhei para os lados e não havia ninguém. Pela rodovia apenas as manchas de calor sobre o asfalto, o mato verde e rasteiro balançando no vento. O cachorro magro e doente apareceu. Andou um pouco e parou perto do carro. Isis apareceu na frente do bar e colocou um pedaço de ferro grande e pesado entre os dois puxadores da frente, travando a porta. Fez com movimentos rápidos e naturais, como se estivesse trancando a porta de casa. Voltou caminhando para o fundo pela mesma lateral. O cachorro magro e doente parou perto do carro e rosnou. Fiz uma careta e ele saiu correndo. Foi a minha única ação de violência durante a viagem. Uma careta contra um cachorro. Senti cheiro de fumaça. Atrás do bar surgiu uma fumaça escura e densa. Logo depois o fogo imenso, vermelho e amarelo avançando pelo telhado em labaredas grossas, começando na parte de trás e avançando para a parte da frente. A porta com a barra de ferro começou a ser forçada. Gritos de socorro. Vozes de homens. Iara e Isis apareceram pela lateral do bar. Andavam firmes, eretas e lentamente. Pararam na frente do bar e ficaram de costas para o carro por cerca de cinco minutos. Observaram as chamas cada vez maiores, a fumaça cada vez mais escura, os gritos dos homens dentro do bar cada vez mais fortes. Iara olhou para trás e me viu. Cutucou Isis e as duas correram para o carro. Senti cheiro de gasolina misturado com os seus perfumes. Escutamos um estrondo muito forte. A porta da frente parou de ser forçada. O telhado do bar havia desabado. Além da fumaça, uma poeira cinza foi erguida e se misturou às chamas. A poeira e as cinzas nos alcançaram. Fechamos as janelas. O cheiro acre penetrou no carro. Um cheiro de morte. Morte e vitória. Iara arfava ao meu lado. Não conseguíamos mais enxergar as chamas. Olhei para trás e Irene apenas olhava assustada para tudo. Isis ainda dormia, suas pernas sobre o colo de Iris que também arfava como Iara. Liguei o carro, dei ré e saí do posto. Chegando na rodovia, as paredes do bar desabaram. Pelo espelho retrovisor ainda consegui enxergar as chamas avançando no meio da poeira e cinzas que se contorciam na direção do céu. Acelerei o carro.

48.

Esse será o último capítulo. Pretendia escrever um capítulo longo, descritivo, com algumas observações sobre a vida, a morte e a literatura (sim, a literatura, porque tudo converge para a literatura, tudo é literatura, e nada mais realmente importa, nem mesmo a minha vida ou até mesmo a sua), mas simplesmente vou encerrar a viagem, o relato e o livro. Não é necessário descrever mais nada. Não é necessário pensar mais nada. As meninas não falaram mais nada durante o retorno, ficaram mudas, paralisadas pela violência que sofreram e também cometeram. Todas, em algum momento, chegaram a dormir. Apenas eu fiquei acordada, dirigindo, tentando não incomodar ninguém, apenas querendo retornar para casa e deixar minhas amigas em casa. Minha pequena missão. E consegui. Depois dessa viagem nos falamos apenas pelas redes sociais, aplicativos. Todas ocupadas, inclusive eu. Escrevi esse livro nas minhas férias, faz mais ou menos um mês. Agora estou revisando e vendo em qual editora consigo editar. Será que o livro será aceito? Sobre o que ocorreu no bar nada foi noticiado. O posto de gasolina quase explodiu, foi o que ficamos sabendo. Os homens mortos foram esquecidos, como as cinzas e a poeira que avançou na direção do céu. O namorado da Isis sumiu e nunca mais falamos dele. E nem iremos falar. Homens de merda. Para quem leu até aqui, obrigado.

pólen bold 90 gr/m2
tipologia beau
impresso na primavera de 2024